聯經經典

阿格曼儂
Agamemnon

艾斯奇勒斯　著
Aeschylus

胡耀恆、胡宗文　譯注

科技部經典譯注計畫

目次

作者介紹

　　艾斯奇勒斯（Aeschylus, 523-456 BC）出生時，希臘戲劇
正在萌芽，這個世界最新的表演藝術，在他的耕耘灌溉下成長
茁壯。在形式上，他減少了原來歌隊的人數，並將演員由原來
的一人增加到兩人，後來又有劇作家添上一人，使劇本能夠靈
活展現人際關係的愛恨情仇與興衰起落。在內容上，他終生寫
了大約八十齣劇本，其中有七齣留傳。這是世界上最早的戲劇
遺產，視野遼闊，境界高遠，有的更被譽為人類迄今為止最偉
大的傑作。

　　艾斯奇勒斯童年時，他的城邦雅典推翻了幾十年來的僭主
政權，開始實行民主政治。接著橫跨亞、非兩洲的波斯帝國，
在公元前490、480年先後入侵。他兩度參加了衛國保家的戰
爭，擊潰強敵，雅典從此成為希臘百餘城邦的領導，創造了
燦爛輝煌的古典文明，包括帕德嫩神殿（Parthenon）以及悲
劇、喜劇和獸人劇。艾斯奇勒斯的戲劇反映他的時代，後人尊
為世界戲劇之父，然而他從不以此自豪；他要求在他的墓碑
上，只寫下他在城邦危難中奮不顧身的奉獻。

艾斯奇勒斯年表

（以下數字均為公元前年份）

560　　皮西斯瑞特斯（Peisistratus，或Pisistratus）推翻
　　　　雅典當時的寡頭政權，成為僭主（tyrant）獨自主
　　　　政，直到528年去世。

534　　雅典在酒神節（Dionysia Festival）慶典中創立都
　　　　市酒神節（City Dionysia），舉行悲劇表演競賽，
　　　　優勝者是塞斯比斯（Thespis）。

約523　艾氏出生於雅典西北的伊流西斯（Eleusis）

510　　雅典推翻僭主政權，開始實行民主政治。

約499　艾氏開始參加戲劇比賽。

490　　波斯入侵希臘，艾氏參加衛國戰爭。

484　　艾氏第一次獲得編劇優勝獎。

472　　《波斯人》（*The Persians*）獲得競賽首獎。

467　　《七雄圍攻底比斯》（*Seven Against Thebes*）。

463　　《求助的女人》（*The Suppliant Women*）。

461　　伯里克里斯（Pericles，卒於429年）當政，雅典
　　　　空前富強。

約460　《受綁的普羅米修斯》（*Prometheus Bound*）。

458　　《奧瑞斯特斯三部曲》（*The Oresteia*），內含《阿格
　　　　曼儂》（*Agamemnon*）、《祭奠者》（*The Libation
　　　　Bearers*）和《佑護神》（*The Eumenides*），外加
　　　　一齣獸人劇（satyr play）。此四部曲獲得首獎。

約457　艾氏赴西西里島長住。

約456　艾氏卒於西西里島。

典範意義

　　《奧瑞斯特斯三部曲》的題材主要來自荷馬的兩部史詩，但劇中的情節、人物及觀念等都推陳出新，藉以探索正義（justice）的本質及主持正義的最高權威。在史詩中，宙斯公認是宇宙的主宰，人類仰賴祂主持正義，但祂顯然偏頗、不足，以致國王阿格曼儂的家族不僅數代彼此殺戮，而且禍延子女。在本三部曲中，復仇女神們（The Furies）挑戰宙斯的獨斷專橫，祂的女兒雅典娜（Athena）兼顧天理人情，於是創立了公立的法庭制度，結束了以前私仇私報的浩劫。由於劇中的這種演進，很多學者如凱托（Kitto）等人都認為本三部曲顯示一個「進化的宙斯」（a progressive Zeus）。

　　深入來看，宙斯在劇中其實名存實亡。在這個公立的法庭中，法官及陪審團團員，經過公開論辯、秘密投票的過程，就可對涉案人做出裁決，完全遵照票數的多寡，不受宙斯、國王或任何其他外力的干預。這種完全由人作主的制度充分滿足人民對正義的追求，以致包括美國在內的很多國家至今仍在沿用。本三部曲從阿格曼儂的凱歸與遇害開始，到復仇女神的控

告與欣然接受為止，呈現了公立法庭創立的全部歷程。它展現人類從痛苦中學習的智慧，所以自公元前458年首演以來，歷來備受讚美，例如現代學者斯坦福（Stanford）及費格勒斯（Fagles）就認為全劇是「人類由野蠻進入文明的儀典」，斯溫伯恩（Swinburne）更認為本三部曲「整體而論，可能是人類最偉大的精神作品。」

版本及譯本介紹

　　導讀中對版本問題有專節說明，敬請參酌；此處扼要提出三點：

一、本翻譯主要依據之原文版本為：
Page, Dennys. *Aeschylus Tragoediae: Septem Quae Supersunt Tragoedias*. Oxford Classical Text. Oxford: Oxford University Press, 1972.

二、譯文每句句碼及次序均以上列版本為依據。

三、每句若有一行以上，其行數次序及編號則以譯文意義為依據。

中譯導讀

敢教日月換新天

——《奧瑞斯特斯三部曲》賞析兼述《阿格曼儂》的翻譯

胡宗文

　　《阿格曼儂》（*Agamemnon*），是《奧瑞斯特斯三部曲》（*The Oresteia*）首齣，另外兩齣是《祭奠者》（*The Libation Bearers*）和《佑護神》（*The Eumenides*）。它們每齣都呈現一個完整的故事，但是彼此在情節及意義上又密切接合，形成一個更大的整體。自從公元前458年首演以來，這部現在碩果僅存的三部曲歷來備受讚美，例如斯坦福（Stanford）及費格勒斯（Fagles）認為全劇是「人類由野蠻進入文明的儀典」[1]，斯

---

[1]　Fagles, Robert and W.B. Stanford. *Aeschylus: The Oresteia*. Translated by Robert Fagles. Introductory Essay, Notes, and Glossary by Robert Fagles and W.B. Stanford. New York: Penguin Books, 1966, p. 19: "*The Oresteia* is our rite of passage from savagery to civilization."

溫伯恩（Swinburne）更認為本三部曲「整體而論，可能是人類最偉大的精神作品。」[2]本文將首先扼要介紹希臘戲劇的發展及本劇的作家，然後探討三部曲的意義，重點放在《阿格曼儂》，最後介紹翻譯所依據的版本和語言的特色。

　　像許多民族一樣，希臘人從遠古就喜歡唱歌跳舞，不同的是，後來有人從歌舞隊中脫穎而出，與隊中其他人員對唱對跳，形成演員與對話的雛形。公元前543年，希臘城邦之一的雅典，在酒神節正式舉行了「山羊歌」（goat song）演唱競賽，優勝者是塞斯比斯（Thespis）。現在一般都認定這是悲劇的起點，塞斯比斯是第一個有名可考的演員。此後的一個多世紀裡，除了戰爭時期以外，雅典每年都在三月底左右舉行一次演出，內容最初都是新創的悲劇，後來又陸續增加了喜劇及酒神歌舞，演出總共歷時數天，地點共有四個，其中最重要的一個是雅典衛城下露天的「都市酒神劇場」（City Dionysia）。

　　雅典創作的悲劇總數當在一千齣以上，現在保存的只有三十一齣，全都由雅典的三個悲劇作家在公元前五世紀寫成。在此時期，歌隊的人數幾經演變，最後固定下來，但有人認為是

2　Swinburne, A. C. *The Agamemnon of Aeschylus.* With verse translation and notes by Walter Headlam, edited by A.C. Pearson. Cambridge: Cambridge University Press, 1910, dedication page: "I am honoured and gratified by your proposal to dedicate to me your version of the *Agamemnon*. I regard the *Oresteia* as probably on the whole the greatest spiritual work of man."

十二人，有人認為是十五人；演員人數則由最初的一人增加到二人、再到三人，此後劇中全部有台詞的角色（一般都是三到六、七人），都由這三個演員戴著面具輪流扮演。在這個世紀裡，雅典的國勢經歷了三個階段。公元前490及480年，雅典協同斯巴達領導希臘城邦兩度擊敗入侵的波斯大軍，國勢由次等提升到一等；接著它組織城邦聯盟，自任盟主，並向盟邦收取軍費，最初用來製造戰船，後來逐漸挪為己用；最後它與斯巴達進行了長達三十年的戰爭，最後戰敗投降（公元前404年）。雅典的悲劇反映著這個多變的時代，締造了世界劇壇的第一個黃金時代。

本三部曲的作家艾斯奇勒斯，兩次英勇參加保家衛國的戰爭，終身以此為榮。他大約從公元499年起就參加悲劇比賽，第一次獲獎在484年，終生總共創作了九十齣，現在只有七齣完整保存，都寫於他生命中最後的十幾年，也正是雅典國勢的黃金時代。依據現存完整及零星片段的劇本推斷，它們很多都在探詢人生的基本原則或宇宙的普遍真理，因為視野遼闊，意義深遠，往往運用三部曲的形式。本三部曲是碩果僅存最為完整的一部，因此更值得我們珍惜和重視。

作為《奧瑞斯特斯三部曲》的首齣，《阿格曼儂》直接呈現的主要是阿戈斯（Argos）國王阿格曼儂（Agamemnon）從特洛伊（Troy）凱旋歸來後，立即遭到他的妻子柯萊特牡（Clytemnestra）謀殺的情節，可是間接帶出來的卻是阿垂阿

斯（Atreus）家族數代互相殘殺的歷史，顯示這個家族屢代殺
戮，惡性循環，似乎永無終止。在痛苦連連中，由父老所組成
的歌隊聲稱，「宙斯立下這條不變的法則，引導人們走上智慧
的道路，那就是從痛苦中學習。」（176—178行）在三部曲的
結尾，人們獲得的智慧，不僅建立了前所未有的法庭制度，甚
至對「正義」（justice）和天帝宙斯（Zeus），也透露出嶄新的
觀念。

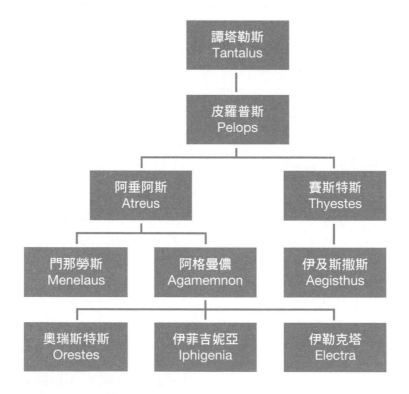

　　這就是說，三部曲環繞阿垂阿斯家族成員的命運，呈現一個進化的宙斯。他們之間的關係非常複雜，為了方便檢閱，我們將它列表於左頁。

　　如左頁圖表顯示，這個家族的始祖是譚塔勒斯。他是天神宙斯和一位仙女的兒子。他和他的兒子本來極受天上諸神寵愛，但是後來因為種種重大罪過，受到嚴厲的詛咒和懲罰。在這個背景下，劇中突出第三代（有的傳說中加入了更多先祖）的阿垂阿斯繼任為王後，發現他的王后與他的弟弟賽斯特斯發生不倫關係，於是安排宴會，暗中將弟弟的孩子們製成烤肉，然後誘弟吞食。這個殘忍的報復行為，將這個家族愛恨情仇的血腥恐怖，提升到空前的巔峰，同時也埋下伊及斯撒斯處心積慮為報父仇的種子。

　　有兩個傳統的希臘觀念，深深影響到本劇的情節。一、被殺害者的近親（the next of kin）有為他復仇的義務。這個觀念追溯到蠻荒時代，目的在保護族人，讓異族人在動手之前，預知其行為必遭報復，因而棄手。二、一如兒子是父親生命的延續，兒子也背負了父親的罪惡或血債，成為懲罰或報復的對象。正因為如此，阿垂阿斯和他弟弟的兒子成為不共戴天的死敵。阿垂阿斯有兩個兒子，長子就是阿格曼儂，次子門那勞斯是斯巴達國王，王后是美麗的海倫（Helen）。特洛伊王子之一的巴瑞斯（Paris）訪問斯巴達時，受到隆重的禮遇，但是這

位貴賓竟然背棄了「賓主之道」（principle of hospitality），與王后海倫苟合私奔，以致引發希臘聯軍的遠征，由阿格曼儂擔任統帥。

大軍集中在奧裏斯（Aulis）海港準備出發時，狩獵之神阿特密斯（Artemis）興風作浪，為了平息風浪，阿格曼儂犧牲了他的女兒伊菲吉妮亞（Iphigenia），引起妻子柯萊特牡的強烈憎恨，蓄意報仇，於是在阿格曼儂凱歸時設下圈套，立即將他和他的戰利品卡遜妲（Cassandra）暗殺。柯萊特牡在夫王遠征期間，和伊及斯撒斯結為情侶。伊及斯撒斯在他哥哥們被殺肢解之時，因為年幼未曾赴宴，因此逃過一劫，長大後矢志復仇，於是和敵人的敵人結為情侶和同謀，並在陰謀成功後結為夫妻，共同統治。

以上所述《阿格曼儂》的劇情梗概，基本上來自希臘既有的神話和傳說，其中最重要的計有三部：一、荷馬史詩《伊利亞德》（The Iliad），它呈現希臘人遠征特洛伊的故事；二、荷馬史詩《奧德賽》（The Odyssey），它記載遠征軍的一位將軍奧德西斯（Odysseus）從特洛伊城返家途中的種種遭遇；三、《賽普勒斯》（The Cypria），它補充荷馬史詩中沒有提及的神話故事。這三部著作中的內容，古代的希臘人大都耳熟能詳，但是艾斯奇勒斯在運用這些材料時，做了很多非常重要的更改，卡特勒基（Cartledge）稱之為「問題化」

（problematise）：劇作家特意拋棄了觀眾所熟悉的內涵，俾能
突出他要呈現的觀念和意境。[3] 下面我們就以這些部分為基礎，
開始對本劇進行解讀和賞析。

　　艾斯奇勒斯創造的第一個問題是讓阿垂阿斯的兩個兒子
住在一起。在史詩中，這兩個兄弟各有屬地和宮殿，但是在本
劇中，他們不僅都在阿戈斯，而且居住於一個王宮之內，往來
關係密切，因此發動聯軍更加順理成章。[4] 塔普林（Taplin）更
指出，在一般希臘悲劇中，王宮之類的背景經常出現，但對劇
情、劇意極少影響。本劇不然，它一再被稱為阿垂阿斯的宮
廷，裝潢富麗堂皇，因此成為驕奢淫逸的溫床。具有先知能力
的卡遜妲，從特洛伊初到王宮前立即就感覺到，這個宮廷中居
住著一群魔神（daemon）：祂們是復仇神神祇的一種，特質是
散播紛爭（strife）或不和（discord），讓宮中主人們互相猜忌、

　3　Cartledge, Paul. "'Deep Plays': Theatre as Process in Greek Civic Life,"
　　　in *The Cambridge Companion to Greek Tragedy*, edited by P.E. Easterling.
　　　Cambridge: Cambridge UP, 1997, pp.21-2: "In his *Oresteia* trilogy, for
　　　example, Aeschylus does not merely celebrate the triumph of human civil
　　　justice, with crucial help from Athens' divine patron. He chooses instead to
　　　problematise the nature of 'justice' itself."

　4　Harsh, Philip Whaley. *A Handbook of Classical Drama*. Stanford: Stanford
　　　University Press, 1944, p. 84: "But in Homer, Agamemnon's city is
　　　Mycenae, not Argos. The reason for this change in Aeschylus is significant."

鬥爭甚至殺戮。[5]卡遜妲更認定，這些魔神環繞著宮廷的房間，唱著啟動一切毀滅之源的老歌（1191—1193行）。在劇末，歌隊唱出了他們的不滿和希望：「誰能從這個宮殿除去詛咒的根苗？這個家族和毀滅密切捆綁在一起。」（1565—1566行）

　　劇中更重要的「問題化」，是奧裏斯海港的狂風巨浪。在劇中，軍中先知卡爾卡斯（Calchas）告訴阿格曼儂有兩個選擇：一個是解散聯軍，放棄遠征；另一個是犧牲他的愛女伊菲吉妮亞，將她奉獻給狩獵之神阿特密斯。荷馬史詩中根本沒有這段情節，只有在《伊利亞德》中提到奧德西斯回憶九年以前，聯軍在海港舉行出征祭典時，一頭蛇突然從祭壇底下出現，爬到樹上吞食了八隻麻雀和牠們的母親。先知卡爾卡斯解釋說，這象徵聯軍要經過九年才能毀滅特洛伊，城裡的很多成人和兒童都會蒙受創傷（二卷，326—329行）。

5　Taplin, Oliver. *Greek Tragedy in Action*. London: Methuen & Co, 1978, pp 32-3: "In many Greek tragedies the stage-building represents a royal palace, and this convention is not usually given any prominence. But in *Agamemnon* Aeschylus exploits the association in Greek society between the house and the household, the family and the family property, to make the house itself a brooding presence, an integral and fixedly disturbing background in the drama...This house, which has all the appurtenances of a prosperous palace, will, in the penetrating visions of Cassandra, be exposed awash with blood and corpses, the slaughterhouse never left by the Furies, where children sit clutching the meat of their own vitals."

　　關於希臘聯軍出發前的狂風巨浪，《賽普勒斯》中還提到另外一個原因。當遠征軍第二次在奧裏斯港聚集時，阿格曼儂在打獵時射中了一隻雄鹿，誇口他的技術超越了阿特密斯。女神對此憤怒至極，於是掀起狂風巨浪，阻止他們出航。然後卡爾卡斯告訴他們風浪的原因及解除的方法，他們於是藉口要許配伊菲吉妮亞給第一勇將阿克勒斯（Achilles），將她從宮中帶到海港，但是在祭壇犧牲她時，阿特密斯悄悄將祭品換成一頭麋鹿，將她本人送到陶瑞斯（Tauris），讓她成為自己神殿的祭司。希臘另一個劇作家尤瑞皮底斯（Euripides, 480-406 BC）依據這個變化，寫出了他的名劇《伊菲吉妮亞在陶瑞斯》（*Iphigenia in Tauris*）。

　　劇中完全沒有提到阿格曼儂打獵的傲慢或其他原因，因此突出他的犧牲愛女不是阿特密斯對他的懲罰，而是他自由選擇的結果。至於女神掀起海浪的動機，推測大致有兩個方面。基本上祂憎恨希臘人，尤其是阿垂阿斯家族。彼瑞多拖（Peradotto）認為，在祂的心目中，希臘人「兇殘、無情、是群什麼都捕殺的狩獵者。」[6]在另一方面，阿特密斯知道一旦戰爭爆發，雙方必定死亡枕藉，無辜兒童都會遭到波及。於是在

6　Peradotto, John. 'The Omen of the Eagles and the Ethos of Agamemnon,' *Phoenix* Vol.23, No. 3 (1969), pp.237-263: "We are left with the overwhelming impression that the Argives, especially their commander, are not mere hunters, but vicious, pitiless, indiscriminate hunters..."

阿格曼儂犧牲別人子女以前，讓他先經驗那份舐犢情深的悲慟。的確，阿格曼儂在劇中一度感到左右兩難：

不服從是沉重的命運；
同樣沉重的是殺死我可愛的女兒：
一位閨女流淌的鮮血，
將污染祭壇旁邊她父親的雙手。
兩者之間，哪一個沒有罪惡呢？（206—210行）

為了不當艦隊的逃兵，阿格曼儂選擇了犧牲伊菲吉妮亞，展現出他的雄心勃勃。劇中以很大篇幅鋪陳這位少女的可愛與可憐。她哭喊「父親、父親」哀求饒命，她父親卻令人封住了她的嘴唇；接著從她眼睛「對著每位獻祭的人，射出來一隻乞憐的飛箭」。她的慘死，印證了希臘人是「兇殘、無情、是群什麼都捕殺的狩獵者」。歌隊認為阿格曼儂從抉擇的那時開始，他的「心靈也變得不潔淨、不虔誠、不聖潔。從那一刻起，他改變了想法，什麼都敢做。」（219—224行）正因為如此，他的王后立意為女兒報仇。在殺死丈夫後，她聲稱自己的行為是莊嚴、正義的，因為當年為了平息颶風，「他犧牲了自己的孩子、那個我最鍾愛的、陣痛所生的女兒，好像她只是毛茸茸的羊群中，一隻沒有特別價值的牲畜。」（1415—1418行）
第三個、也是最重要的「問題化」涉及阿格曼儂的死亡。

在劇中，是柯萊特牡安排專人在王宮屋頂守望勝利的烽火，然後依據第一時間的報告，即時進行各種準備，獨自一人完成了復仇的工作。這一點與史詩中的情形截然相異。在《奧德賽》中，門那勞斯告訴奧德西斯說，計劃和殺害他哥哥的人是伊及斯撒斯。他為了報父仇，多年來處心積慮，秘密部署，用重金僱用專人瞭望烽火台的訊息，當他看到阿格曼儂凱旋登陸時，立即報告了主人。門那勞斯繼續說道：

> 他帶著這個新聞跑到戰爭主人的家中，伊及斯撒斯立即設計了一個陰險的計策。他在當地選擇了二十個最好的鬥士，讓他們安排一個宴會，然後在鄰房埋伏。他懷著可恥的念頭，率領馬匹和戰車前去歡迎萬民之主的阿格曼儂，帶著他毫無懷疑的走向死亡：請他享宴，在他飲食之際將他殺死，就如在糧秣槽打倒一頭公牛一樣（四卷，528─535行）。

　　在同部史詩中，阿格曼儂的魂魄肯定了上述有關自己死亡的說法，只不過他還提到柯萊特牡在從旁協助，並且殘忍的殺死了卡遜妲（十一卷，409─426行）。

　　以上透過三個「問題化」的內容，凸顯出本劇的特色：阿垂阿斯家族的世代冤仇，現在又發生在最年輕一代的阿格曼儂身上，為世代殺戮再添新頁。為了徹底解決這個問題，艾斯奇

勒斯創造了一個不斷蛻變的宙斯。在本劇上半部，祂仍是傳統中保護正義的最高權威。歌隊在劇首說道：「那強大的、保護賓主之道的宙斯，派遣了阿垂阿斯的兩位兒子去懲罰巴瑞斯。」（60─63行）在聯軍攻克特洛伊之後，歌隊興奮讚美之餘，更認為宙斯在積極處理人間事務：

> 人們談論宙斯的打擊。
> 你可以依據事實，清楚發現根源：
> 祂是按照祂宣告的意旨行動。
> 有人說神祇們不屑於
> 懲罰那些踐踏
> 美妙聖事的人們；
> 這種說法是種褻瀆。（367─372行）

　　總而言之，本劇保持當時希臘人傳統的宗教信仰，肯定人生世相都出於宙斯的設計，並在祂的管控之中。在柯萊特牡說到魔神有三代住在阿垂阿斯王宮時，歌隊悲痛又厭惡的說道：

> 你呼叫的魔神力量強大，
> 又對這個家族極端憤怒，
> 唉，由於祂對厄運貪得無饜，
> 祂的故事充滿了辛酸。

　　唉，這一切都出於宙斯的旨意，

　　宙斯，一切的根源，萬事的推手，

　　沒有祂，常人的事物哪樣能夠完成？

　　這些事物，又有哪樣不是神祇的決定？（1483—1488行）

　　傳統中宙斯維護正義的方式，主要是按照祂設定的法則，打擊違反它的罪人，達到天網恢恢，疏而不漏的效果。為了配合和增強這個效果，實質及意象性質的「網」（net）貫穿全劇，不勝枚舉。例如：柯萊特牡訴說她謀殺阿格曼儂的過程：「我用一件寬大的外氅將他罩住，它像一張魚網，使他不能逃漏。」（1382—1383行）在劇末，歌隊對他們敬愛的國王哭泣道：「唉，你在一個猥褻的死亡中斷氣，墜落到這個蜘蛛網裡。」（1492—1493行）

　　就宙斯原有的法則而言，阿格曼儂的被殺是個轉折點，顯示天網恢恢，罪人終將受到懲罰。他犧牲愛女的惡行，上面已經提過。他攻佔特洛伊之後，破壞神殿，毀棄神像，濫殺老幼與奴隸婦女，早使他死有餘辜。這些罪行都是經由別人的訴說、怨懟或轉述，是間接的，只有他得勝回朝時的表現，讓我們耳聞目睹他的愚昧與自大，也讓我們領略到柯萊特牡慧黠過人，足能掌控全局。她在王宮外面迎接丈夫歸來，首先奉承他是「受到神佑，是當今最值得尊敬的人」，接著邀請他從戰車下來，踏著華美昂貴的地氈進宮。阿格曼儂回答道：

不要在我的走道上鋪上昂貴的
紡織品，那會招惹神怒。只有神明
才能受到這樣的尊崇。作為一個常人，
我不可能毫無畏懼的踐踏
這些華麗的織品。老實說，給予我的
應當是凡人的榮譽，不是神明的。（919─924行）

雖然明知如此，但是在柯萊特牡的蠱惑下，他仍然在眾目睽睽中踏上地氈，說道：「我走過這些神明的紫錦時，希望沒有嫉妒的眼神從遠處打擊我。」（946─947行）就這樣，他進入了毀滅的陷阱，落實了宙斯既定的天條。

在接著的發展中，歌隊驚訝的發現，宙斯的法則竟然不能適用！什麼才是正義，誰是它的詮釋者和仲裁者，對方提出了全然相反的看法。首先，柯萊特牡聲稱，她殺死阿格曼儂，只是為神代勞，懲罰罪惡：「是我的右手像正義的使者，讓他成為屍體。」（1405─1406行）她控訴阿格曼儂誘騙殺死他們的女兒的罪行（1523─1526行），聲稱她是為女兒報仇。歌隊一度自認「我失去了多謀善算的思慮，不知道該轉向何方。」（1531─1532行），接著只好回到傳統的觀念：「搶人者被搶，殺人者償命。只要宙斯坐在祂的寶座上，行動的人就會受到苦難。這是祂的律法。」（1562─1564行）

雙方僵持不下中，伊及斯撒斯率領衛兵入場，他指著王宮

前面阿格曼儂的屍體說道：

> 帶來正義的仁慈陽光啊！
> 看到此人躺在復仇之神編織的袍服中，
> 為他父親策劃的行為付出代價，
> 我好高興啊！我終於可以宣稱，
> 天上確有神祇俯視大地的疾苦。（1577─1582 行）

在接著與歌隊的爭論中，雙方彼此侮辱、謾罵、威脅，最後幾乎發生武裝衝突。總之，正義喪失了客觀的準則，宙斯的律法不再是人類行為共同的南針。僵局中柯萊特牡出面，軟硬兼施，讓歌隊默認現狀，她則希望和情人長治久安，享受既得利益。

在三部曲第二齣《祭奠者》中，柯萊特牡的希望在八年後幻滅，再度顯示天網恢恢，疏而不漏，但是殺死她、為父報仇的奧瑞斯特斯立即受到復仇女神的攻擊，驚嚇逃亡。在本三部曲主題的發展中，本劇是不可或缺的一環，但它仍是劇作家「問題化」的結果。上面講過，在《奧德賽》中，柯萊特牡沒有參與謀殺丈夫的行為。在本詩的開頭，宙斯還提到祂很久以前，就曾經警告伊及斯撒斯不可殺害阿格曼儂，也不得娶他的妻子柯萊特牡，因為他們的兒子長大後定會報復。後來伊及斯撒斯違背天意，奧瑞斯特斯殺死他無異於替天行道（一卷，

32─43行）。正因為如此，詩中還有長者將他視為青年人的
楷模，值得學習效法（三卷，306─308行）。

在《祭奠者》中，善良的奧瑞斯特斯對弒母之舉始終視為
畏途，他雖然必須遵循阿波羅的嚴命，沒有選擇的自由，但他
一直祈求宙斯的保佑，並且聲稱他若是報仇復國失敗，將會失
去對祂的信仰（255─263行）。雖然如此，他弒母後回想起
母親的撫養之情，迅即精神錯亂，顯示即使他在執行神祇命令
的正義行為，仍然難敵母子深情。在同時，他立即遭到復仇女
神的追逐，祂們都是黑夜（Night）的女兒，在宙斯之前就已
經出生，顯示宇宙中除了宙斯，還有與祂抗衡、約束人類的神
祇。全劇結束時，歌隊問道：「毀滅的巨大力量，在哪裡才會
睡眠、休止？」（1076行）。這意味著飽受痛苦的人類，還須
在獨尊宙斯之外，追尋更高的智慧，才能停息巨大的毀滅。

《佑護神》繼續前齣的劇情，由智慧女神雅典娜在戰神崗
（the Hill of Ares）成立臨時法庭，審判奧瑞斯特斯的殺人案
件，由祂擔任庭長，由雅典的父老擔任陪審，復仇女神擔任原
告或控訴人，阿波羅擔任辯護人。這種法庭的組織形式，現代
仍有很多歐美國家保持著。在雅典歷史上，戰神崗法庭（the
Areopagus）在神話中就已提及，源遠流長。它在公元前六世
紀時甚具權威及影響，因此其法官成員的產生方式，經常成為
爭論的焦點。一種方式是選舉，當選者大多數都是貴族；另一
種方式是抽籤，平民人數較多，當選機會也就較大。隨著雙方

實力的消長，選擇方式數度更換，在公元前五世紀中葉後，失敗的一方甚至主張動用武力，城邦接近內戰邊緣。在此情形下，公元前462年進行再度改革：一方面順應平民意願，經由抽籤選擇法官；同時為了安撫貴族，縮小法庭權威，只能管轄一部分的謀殺及縱火等刑事案件。

　　《佑護神》在改革後的三年演出，充分發揮「起源神話」（charter or foundation myth）的功能：藉神話的方式肯定某些習俗和機制，為它們「保持記憶和提供權威」。[7]這種情形，在世界歷史中屢見不鮮。對本三部曲成千上萬的觀眾而言，他們可以從劇中獲知陪審團制度的由來和重要性。不過艾斯奇勒斯想像的是個理想化的法庭，藉以擴大雅典人的視野，就如索莫斯坦（Sommerstein）所說，「雅典娜和陪審團的表現提供了一個典範」。[8]達斯（Dodds）更寫道：「艾斯奇勒斯不必讓魔神的世界復活；他就出生在那個世界。他的目的不是領導他的同

7　Kirk, G.S. *Myth: Its Meaning and Functions in Ancient and Other Cultures*. Cambridge: Cambridge University Press, 1970, p.256: "The main political purpose of such [charter] myths is to confirm, maintain the memory of, and provide authority for tribal customs and institutions..."

8　Sommerstein, Alan H, editor. *Aeschylus: Eumenides.* Cambridge: Cambridge University Press, 1989, p.17: "The behaviour of Athena and the jurors at Orestes' trial provides a model, not only for the few hundred Athenians who were or might become Areopagites, but for all who would ever sit on juries – which meant virtually every citizen man and boy in Aeschylus' audience."

胞回到那個世界，相反的，是領導他們經歷它，又走出它。」[9]
換句話說，艾斯奇勒斯讓他的觀眾先了解他們生長的舊世界，
再讓他們體會到燦爛恢宏的新世界。

在法庭的審查中，奧瑞斯特斯坦承殺母的事實，但提出兩
個重點的辯護：一、他為父報仇，是受到阿波羅神諭的要求。
二、柯萊特牡殺死丈夫後，復仇女神並未對她採取任何懲罰行
動（595—604行）。復仇女神辯稱道：「她的血不同於她所殺
那人的血。」（605行）祂們解釋道：父親只是播種者，母親
懷孕後，胎兒汲取她的滋養成長，不可或缺，所以母重於父，
為父報仇而殺死母親者應受嚴懲。奧瑞斯特斯不懂這些法律，
於是請求阿波羅宣佈他的行為是否合乎正義（610—613行）。

阿波羅的辯護有三個重點：一、祂一向的作為都完全遵循
祂父親宙斯的意願，在本案也是如此，絕不可能違背正義。
二、阿格曼儂受到宙斯的榮寵擔任國王，並且代祂懲罰特洛
伊，在凱旋歸國的當日竟被妻子陰謀殺害，引起群眾憤怒，所
以柯萊特牡理當處死，由祂用神諭命令現在的被告奧瑞斯特斯
執行。三、父親才是嬰兒生命的來源，母親只是暫時寄養的處

9　Dodds, E.R. *The Greeks and the Irrational*. Los Angeles: University of
　　California Press, 1951, p. 40: "Aeschylus did not have to revive the world
　　of the daemons: it is the world into which he was born. And his purpose is
　　not to lead his fellow countrymen back into that world, but on the contrary,
　　to lead them through it and out of it."

所，可有可無，現場的主審官雅典娜就是證明。因為祂是從宙斯的頭上跳出，根本沒有母親。事實的確如此，加以雅典娜同意阿波羅穩定政權的立場，所以宣稱如果法官投票票數相等，祂將宣判被告無罪釋放（735行）。

投票以前，雅典娜宣稱祂要在戰神崗創立一個永久性的法庭，並對陪審做了長篇講話（681─710行）。祂說他們正在進行第一次審判殺人案件，雅典今後將永遠維持這個法庭。祂追憶法庭所在地的戰神崗，是因為久遠以前，曾將這個山崗奉獻給戰神（Ares）。人民今後應該盡量保持對這個法庭的敬畏，遵循法律，既不容許無政府的紊亂，也不支持獨裁和暴政。祂進一步闡述，法律是人類安全的最佳保障，人民對法律正義的恐懼和尊重愈大，國家和個人的安全就愈高。展望未來，祂寄望這個法庭要永遠保持尊嚴、效率，成為人民的「防護堡壘」（guard-post）。

投票結果雙方票數相等（752行），奧瑞斯特斯獲得無罪開釋。以今天的觀念來看，這種裁決在公平、公正中融入了仁愛和寬恕，讓被告有改過遷善、重新做人的機會。從三部曲的主題來看，這次判決微妙的改變了宙斯的地位和功能，我們稍後再予以申論，現在先探討復仇女神對裁決的反應。

可以想見的是，復仇女神極為憤怒，聲稱要荼毒大地，毀滅人類，雅典娜於是耐心與祂們磋商，既承認祂們原有的懲罰暴力行為的權力，又允許由祂們管理婚姻制度。此外，還增進

了祂們的地位和獲得的奠儀,最後終於讓祂們回心轉意,願意
成為雅典的護佑之神。整個過程中,雅典娜純粹運用語言的力
量達到了雙贏的目的。達斯認為,祂們雙方的選擇都足為典
範,「顯示即使是最深的仇恨,應該也能夠以和解結束。」[10]同
樣重要的是,在達成和解後,這些年歲懸殊、本來敵對的神
祇,現在都願意運用人們對祂們的敬重和畏懼,引導雅典人彼
此和平相處(913─919行)、避免內戰(861─866行)、棄
絕報復(979─983行),使雅典成為人間的福地和樂園。

　　復仇女神本來臉上沾滿血跡,頭髮類似爬蛇。她們的形象
是如此猙獰可怕,據說在首演的觀眾中有人驚嚇昏倒,甚至有
孕婦流產。祂們成為護佑神後,雅典娜隨即為祂們換上鮮紅的
長袍和新的面具,領導一個火炬行列,載歌載舞,護送祂們前
往新家。祂們從劇場西邊的出口消失,那個出口緊鄰雅典衛城
的下邊,那裡本來就有一個神龕,供奉一些女神,稱為聖神或
仁慈之神(Holy or Benign Ones)。現在新的護佑女神也進駐

10　Dodds, E.R. "Morals and Politics in the *Oresteia*," *Proceedings of the Cambridge Philological Society*, No. 186 (1960). Reprinted in *Oxford Readings in Classical Studies: Aeschylus*, edited by Michael Lloyd. New York: Oxford University Press, 2007, p. 253: "…As Dover points out, the Erinyes cannot be thus suddenly reduced to allegorical figures when the audience has come to accept them as real beings and active participants in the drama. What we can perhaps say is that their case is paradigmatic: their eventual choice is an *exemplum*, showing that even the bitterest feud can and should end in reconciliation."

此區，神話、歷史、現狀與劇場幻覺幾乎完全融為一體。在新的世界中，光明驅走了黑暗，歡欣取代了悲愴，似乎綿延不絕的骨肉相殘完全消失，三部曲隨之劃下了完美的句點。

　　最後，讓我們回到三部曲的主題，對正義與宙斯的問題提出結論。凱托（Kitto）認為，宙斯在全劇中的作為，歷經了三次變化：從暴力和令人困惑，經過任意干涉，最後展現理性和仁慈[11]，顯示出一個「進化的宙斯」（A progressive Zeus）。[12] 希臘當時的觀眾都知道，宙斯是第三代天神的領導：祂的父親推翻了祂的祖父，接著又被祂用武力打倒，然後由祂領導子女如阿波羅及雅典娜等等，分別主宰了絕大部分的宇宙，只有祂的兄弟海神（Neptune）等另有狹小的管轄領域。《阿格曼儂》中提到這個過程，歌隊在劇首說道：

　　宙斯，無論祂是誰，如果
　　祂喜歡這個名字，

11　Kitto, H.D.F. *Greek Tragedy: A Literary Study*. First published in 1939 by Methuen & Co. New York: Routledge, 1993, p. 69: "Zeus has moved from violence and confusion, in which the Erinyes were his unquestioning agents, to arbitrary interference, which angered the Erinyes, and from that to reason and mercy, which angers them still more."

12　Kitto, H.D.F. *Form and Meaning in Drama: A Study of Six Greek Plays and of Hamlet*. London: Methuen & Co, 1956, p.69: "It is that the Oresteia, like the Prometheia, is based on the idea of a progressive Zeus, and of a progressive Apollo."

我就這樣稱呼祂。

我衡量了萬物，

但他們都無法和祂相比，

只有宙斯能夠真正幫助我

從心中拋開徒勞的憂思。（160—166行）

阿格曼儂被殺以後，人民對宙斯的信賴受到強烈的打擊；
奧瑞斯特斯弒母前後遭遇的痛苦，更曝露出傳統宙斯法則的不
足。在新成立的公共法庭中，由於雅典娜和阿波羅都再三聲稱
祂們的立場代表宙斯的心願，祂保持了正義最高權威的形象，
但是由於被告的命運由法庭的法官及陪審團決定，人類取得了
決定的實權。這種微妙的變化，令人想起孟子（372-289 BC）
的「天視自我民視，天聽自我民聽」。它表面上保持了傳統中
「天」和「天子」的崇高地位，實際上滲入了革命性的民權思
想。除了思想以外，劇中所建立的法庭制度，更保障公民成為
自己命運的主人，不必再依循宙斯的規律，更超越了祂和其
他神祇的獨斷專行。但雅典娜深知「徒法不足以自行」，於是
諄諄告誡祂的法官和陪審團，勗勉他們必須戒慎恐懼，尊重法
律，才能長保既得的成果。她修辭式的問道：「什麼人能永遠
公義，假如他毫無畏懼？」（690—699行）

艾斯奇勒斯創編本劇時，已是生命的暮期。這位早年英勇
衛國的作家，一直熱愛他的城邦，在劇作中讚美他的時代，更

諄諄傳授治國安邦的理念。環顧當時的黨派爭權與民粹風氣，劇中還含有很多針對性的忠告，我們在劇本的譯注中還有個別說明。但是總體來看，他的理念與忠告並沒有獲得應有的尊重，以致雅典國勢每況愈下，終於在公元前404年被迫向斯巴達投降。古今中外，類似雅典起伏升沉的國度不勝枚舉，正因為如此，《奧瑞斯特斯三部曲》的意義歷久彌新，直至今日仍然發人深省。

本劇的版本及翻譯問題

艾斯奇勒斯的翻譯者面臨兩個重要的問題。第一個是很難確定原劇的版本。公元十五世紀活字印刷術發明以前，文本都經由手抄複製，在過程中難免滲入錯誤。就《阿格曼儂》而言，它的原作約有1670行，現在公認最好的手抄本是麥迪奇（Medicean）版本，大約在公元一千年左右完成。可是登尼斯頓（Denniston）及培基（Page）寫道：「不幸的是，《阿格曼儂》大部分佚失：麥迪奇版本只有1—310行和1067—1159行，其他的文本部分都得依賴兩個損壞的版本。[13]」結果之一是

13　Denniston, John Dewar and Dennys Page, editors. *Aeschylus: Agamemnon*. Oxford: Oxford University Press, 1957, p.xxxviii: "Unfortunately the greater part of *Agamemnon* is missing: the Medicean has only vv. 1-310 and 1067-1159, and for the rest the text depends on two degenerate sources."

下列宣稱屢見不鮮：「本段嚴重毀損」[14]；「文本及解讀都極為可
疑」[15]；「本句數百年來一直是困擾之源，唯一的共識是，它傳至
我們時已受損毀；至於原文是僅有一處或多處受到破壞，迄今
仍眾說紛紜。」[16]

　　手抄本情況欠佳的另一後果是，學者在製作艾斯奇勒斯的
現代版時，經常將本來應是相同的文本，弄得迥然相異。幾
年以前，瑞勒漢（Renehan）比較索發克里斯（Sophocles）現
存劇本的兩個最具權威的文本（牛津版和托伊布納〔Teubner〕
版），發現它們之間的不同處「超過一千」。他進一步指出，
很多差異不只是細微末節：「在有些情形中，一個人若非事先
就已具有相關的知識，不可能認出這兩個版本出自同樣的希臘
文段落。[17]」艾斯奇勒斯的情況也是一樣。在翻譯本劇時，我們

14　Sommerstein, Alan. *Aeschylus: Oresteia*. Cambridge: Harvard University
　　Press, 2008, p.194: "This passage is badly corrupt."

15　Denniston, John Dewar and Dennys Page, editors. *Aeschylus: Agamemnon*.
　　Oxford: Oxford University Press, 1957, p.80: "Text and interpretation are
　　extremely doubtful."

16　Fraenkel, Eduard, editor. *Aeschylus: Agamemnon*. Vol. 3. Oxford: Oxford
　　University Press, 1950.p.748: "This sentence, which has been a source
　　of trouble for centuries, has not come down to us uninjured; this much is
　　almost universally agreed; but whether the original text has been upset in
　　one part or in several is a matter of controversy."

17　Robert, Renehan. "The New Oxford Sophocles, " *Classical Philology*, Vol.
　　87, No. 4 (1992), p. 336: "The merest glance at these random passages
　　reveals that two editions can present very different versions indeed. Indeed,

參酌最多的是下面四種版本：福蘭克爾（Fraenkel）編的牛津版（1950年），培基編的牛津版（1972年），衛斯特（West）編的托伊布納版（1988年），以及索莫斯坦（Sommerstein）編的哈佛勒布（Harvard Loeb）版（2007年）。經過閱讀與參酌時的對照與比較，我們可以作證，它們在很多地方都非常不同。的確，根據達維（Dawe）的考據，艾斯奇勒斯現存的七齣劇本中，歷年來學者們的不同意見超過兩萬個。[18]

　　翻譯艾斯奇勒斯的另外一個困難是，他使用的希臘文非常艱澀。他同時代的國人都認為他是最難了解的詩人，有的部分甚至難窺究竟。比他稍晚的阿里斯陶芬尼斯（Aristophanes），在喜劇《蛙》（*The Frogs*）中，就曾肆意揶揄過他的文字。對時空相隔如此遙遠的我們，這份困難更不言可喻。

　　以上指出的兩種困難極易導致翻譯的錯誤，洛伊德—瓊斯（Lloyd-Jones）及威爾遜（Wilson）曾經扼要說明：「即使最保守的批評家也很難否認，這些手抄本含有極多的訛誤；即使我們掌握到由作者本人校正過的版本，它的文字是如此困難，以

（續）—————————————————————

　　　in some cases one could not, without prior knowledge, recognize the two
　　　as representing the same passage."

18　Garvie, A.F. Review article of Repertory of Conjectures on Aeschylus by R.D.
　　　Dawe. *The Classical Review*, New Series, Vol. 16, No. 3 (Dec., 1966), p.284:
　　　"Dawe's book is staggering for the sheer number of the conjectures it records,
　　　some 20,000 for the period since Wecklein according to his own guess…"

致現今在世的學者，沒有人能自信他在翻譯時沒有錯誤。」[19]他們討論的對象是索發克里斯，但是應用到文字更難的艾斯奇勒斯，應該更是如此。

讓我們先討論一個比較簡單的例子。阿格曼儂在宮內被柯萊特牡打倒時喊出的一句話：「ὤμοι, πέπληγμαι καιρίαν πληγὴν ἔσω（ômoi peplêgmai kairian plêgên esô）」經常被翻譯為「我在裡面被打了致命的一擊。」（Oh, I have been struck by a deep blow within）（1343行）。艾略特（T.S. Eliot）曾將本行刊載在他「夜鶯群中的斯威尼」（Sweeney Among the Nightingales）的前面，但是根本沒有翻譯。現代的版本都認定本句原文最後一字是「esô」，它是一個副詞，通常的意義是「在內」或「在裡面」。但是在什麼裡面呢？有的學者認為是「在宮殿之內」，因為他是在宮內被殺。另有學者認為是「在他體內」，意謂兇器深入他的身體，不是肌膚之傷。據此，索莫斯坦將全句話譯為「啊，我，我被打倒，又深又致命的一擊。」（Ah, me, I am struck down, a deep and deadly blow!）福蘭克爾的翻譯

19　Lloyd-Jones, Hugh and N.G. Wilson. *Sophocles: Second Thoughts.* Gottingen: Vandenhoeck & Ruprecht, 1997, p. 9: "The manuscripts contain a great deal of corruption, as even conservative critics can hardly refuse to admit, and the difficulties of the language are such that even if we possessed a text corrected by the author no living scholar could be confident that he could translate it without error."

大致相同。

　　此外還有第三種可能，最早由布羅姆費爾德（Blomfield）提出，重點是將「esô」變為「γ」（egô），此字意義為「我」，就是心理學中提到的「自我」（the ego）的來源，與「本我」（the id）及「超我」（the superego）區隔。在古希臘文中，「ego」這個代名詞通常都可省略；當它被用到時，主要是說話人要強調自己。在如此傳統下，本句大意約為：「我，偉大的阿格曼儂，居然也遭到致命的打擊。」如此強調的確有其優點，洛伊德—瓊斯（Lloyd-Jones）寫道：「福蘭克爾在1950年，培基在1972年，還有衛斯特在1998年，印出的都是『eso』，衛斯特在1998年還附加了一個臆斷。不論它的意義是室內或體內，『eso』都微弱無力，我喜歡布羅姆費爾德的『ego』。」[20] 一個單字尚且如此歧義多端，全劇情形可以想見。

　　將艾斯奇勒斯翻譯為中文還有一個特別的困難。古典希臘文的文字次序極富彈性，例如一個動詞的受詞可以在句前、句中或句末，甚至可以是任何地方。中文雖然有倒裝句，彈性比

20　Lloyd-Jones, Hugh. *"Nineteen Notes on Aeschylus, Agamemnon,"* In *Dionysalexandros: Essays on Aeschylus and his Fellow Tragedians in Honour of Alexander F. Garvie*, edited by Douglas Cairns and Vayos Liapis. Swansea, the Classical Press of Wales, 2006, p. 45: "Fraenkel 1950, Page 1972 and West 1998 all print ἔσω [esô], to which West 1998 appends a crux. Whether it means 'inside' (the house) or 'inside me', ἔσω [esô] is feeble, and I prefer Blomfield's "ἐγώ" [egô]."

較有限，它基本上是語言學者所稱的「SVO」語言：它的主詞（Subject）在前，動詞（Verb）居中，受詞（Object）殿後。

艾斯奇勒斯經常使用長而複雜的形容詞，它們中間往往還含有動詞成分，因此和傳統觀念的形容詞也有差別。例如《阿格曼儂》開始時，守望人說他有一張「夜晚走動的床」（night-wandering bed）。他的意思是他在夜晚守望時，帶著這張小床走動。正如登尼斯頓及培基所寫：「守望人有時起來走動一下，好讓自己醒著。他躺下的地方有時在此，有時在彼；不僅是他，他放置床的地點也隨著變動。原來的希臘文正確的描寫了這個事實。」結果是希臘文中的一個字，需要幾個中文字才能表達。另外，還有一個有趣的困擾，在原文701行出現了「kedos」，它的一個意義是「婚姻」（marriage），另外一個意義是「悼亡」或「哀悼」（mourning），我們竭盡所能，始終沒有找到相同的一語雙關的中文。

以上所述都是我們面對的困難，我們在翻譯時，總是先參酌上述的四個版本，對劇中每個段落進行了解，期能掌握該段的意旨，然後依照順序，開始逐句翻譯。句子如果有兩、三行或更多，我們盡量遵守中文的特色（就是上述的「SVO」的結構），將它翻譯為現代一般知識分子交談時所用的白話文。如果因為原文的關係，我們的譯文仍然晦澀，我們會附加注解。在整個過程中，我們還參考了很多英文譯本，以及我們手邊的羅念生前輩和呂健忠先生的中譯本。在全劇如此譯完後，我們

又再回頭寫下每段意旨的提要，附加在該段的起點。

　　我們翻文的詩行次序，基本上按照下面的版本：

Page, Dennys. *Aeschylus Tragoediae: Septem Quae Supersunt Tragoedias*. Oxford: Oxford University Press, 1972.

　　注釋方面，我們參考的主要著作如下：

Collard, Christopher. *Aeschylus: Oresteia*. New York: Oxford University Press, 2002.

Denniston, John Dewar and Dennys Page, editors. *Aeschylus: Agamemnon*. Oxford: Oxford University Press, 1957.

Fraenkel, Eduard, editor. *Aeschylus: Agamemnon*. Three volumes. Oxford: Oxford University Press, 1950.

Lloyd-Jones, Hugh. *Aeschylus: The Oresteia*. Los Angeles, University of California Press, 1979.

Sommerstein, Alan. *Aeschylus: Oresteia*. Cambridge: Harvard University Press, 2008.

　　《阿格曼儂》的英文譯本，五十年前即達五十種以上，現在估計應該超過一百種。就我們所知，本劇目前的中文譯本屈指可數，直接依據原文的更如鳳毛麟角。為了彌補這個文化缺陷，我們幾年前即翻譯出版了兩本悲劇：索發克里斯的《伊底

帕斯王》及尤瑞皮底斯的《戴神的女信徒》（再版更改為《酒神的女信徒》），現在的這本是第三次的努力，懇望海內外方家能給予批評、指正和鼓勵，同時希望讀者們在閱讀時能得到樂趣和領悟。

本翻譯在進行期間，適值浙江大學的周嘉惠博士正在撰寫博士論文，題目是〈希臘戲劇在中國的接受與影響研究〉，她將我們的譯文與現有的其他中文譯本比較，提出很多寶貴的建議，讓我們有更改及澄清的機會，特此感謝。

劇本翻譯

地點：阿戈斯王宮前

時代：古希臘英雄時代

人物：

阿格曼儂	阿戈斯國王
柯萊特牡	阿戈斯王后
卡遜妲	原為特洛伊公主，現為阿格曼儂的侍妾
伊及斯撒斯	阿格曼儂的堂兄弟，柯萊特牡的情夫
歌隊	由阿戈斯長老組成
守望人	
信使	
僕人數人	
衛兵若干人	

開場

守望人在王宮屋頂上出現。

守望人[1]　　我請求神祇解除我的勞苦，

在這長達一年的守望任務中，

我在阿垂阿斯家族[2]的屋簷上過夜，

像條狗一樣的趴在臂彎裡。

我認識到晚間群星的聚會，　　　　　　　　　　5

1　1—39行：此時守望人正在宮廷的屋頂上瞭望黑夜的天際。他在躺下
　　或走動中，說出他的任務是守候來自前線的捷報，以及他長期身曝露
　　水的痛苦與恐懼。他接著斷續說出是慧黠的王后做出守望的安排，但
　　宮廷管理遠不如前，令他感到悲痛。突然間他看見遠處有火光亮起，
　　表示希臘聯軍已經攻佔特洛伊。興奮中他說要熱情歡迎凱旋歸來的國
　　王，最後出場去向王后報告喜訊。
　　本段守望人的自言自語不過39行，但它導入了希臘軍隊遠征的主
　　題，也勾勒出兩位劇中主要人物的輪廓。此外，守望人希望解除痛苦
　　的祈求，更是全劇解除人類痛苦的先聲。因此種種，本段歷來倍受稱
　　讚，它的守望人也成為希臘悲劇中令人難忘的「配角」。
2　阿垂阿斯家族，希臘傳說中最悲慘的王族，詳見〈中譯導讀〉及圖
　　表。

還有穹蒼中那些閃耀的星座，
是它們的消失和出現，
帶給人類冬天和夏天。

現在，我在守望著火炬的訊息，
那來自特洛伊的閃亮火光，　　　　　　　　10
將傳達它淪陷的消息。
這是一個女人的安排，
她滿懷希望，又如同男人般深謀遠慮。
我有時會帶著我那
被露水浸濕的便床四處走動，　　　　　　15
因為恐懼³聳立在我的身旁，
使我無法闔眼入睡。每當這樣，我就想
高唱一曲，或哼個小調，來治療我的失眠。
但我總會為這家庭的命運哭泣，
感嘆它的管理不如從前。　　　　　　　　20
但願這黑暗中能出現一道
報佳音的火光，來止息我的勞苦。

3　擬人化（personification）：將抽象性質（恐懼）視為個人，可以站
　　立，令他不能入睡。

歡迎啊，夜裡的火光，你帶來白晝般的光明！

這捷報會在阿戈斯啟動一連串的歌舞。

喂！喂！　　　　　　　　　　　　　　　　　　25

我這樣子清楚的喚醒阿格曼儂的妻子，

讓她在宮中用歡呼來迎接這個火光，

因為它明確的表示

特洛伊城已被攻陷。

我自己先來跳個前導舞吧，　　　　　　　　　30

我主人的手氣真好，

居然在我守望時，擲出了三個六點[4]。

我只希望在主人回家時，

能夠握住他親愛的雙手。

其餘的事我將保持緘默，就像有條　　　　　35

重牛壓在我的舌頭上面。[5]

假如這宮殿能夠講話，

它會吐露很多真相。我只願和知情的人

訴說，對別的人我就完全忘記。

4　希臘當時擲骰子的用語，每次擲出三粒骰子，如果每粒都是六點朝
　　上，表示運氣極佳。

5　希臘成語，意味他將守口如瓶，暗示他有不可告人之密。

進場歌

歌隊進場。

歌隊[6]　　　十年了！自從普瑞姆[7]強大的原告，　　　　　40

6　40—257行：本節是歌隊的進場歌（parodos），歌隊成員是阿戈斯年
長的公民，因為在暗夜中看到城裡到處都在舉行祭典，於是來到王宮
前面，希望柯萊特牡王后能告知原因。在等待中，他們回憶在十年
前，希臘聯軍由阿格曼儂和他的弟弟門那勞斯率軍遠征特洛伊，因為
該城的王子巴瑞斯在訪問時，拐走了門那勞斯的王后海倫。宙斯於是
派遣他們兄弟去加以懲罰，並且安排要讓雙方傷亡慘重。
歌隊比喻兄弟兩人出發時滿懷悲憤，像是失去幼兒的老鷹，但是在他
們組織了希臘聯軍，集結於海港時，戰船前面出現一黑一白兩隻老
鷹，吞噬了一隻懷孕的母兔。軍中的預言師解釋，這徵兆代表遠征軍
將擊敗特洛伊，但他擔心狩獵女神阿特密斯會遷怒報復，於是祈求阿
波羅不要讓祂發出長久不息的逆風，阻止聯軍出航。
為了追溯後續的情形，歌隊說明他們在戰爭開始時因為年紀過大不能
參軍，但現在雖然更為年邁，仍然語言便給，能夠說明出征的情形。
軍中先知祈求失敗後，海浪起伏咆嘯，阿格曼儂面臨一個艱難選擇：
解散聯軍或犧牲愛女，用她的鮮血來安撫女神，平息風暴。他選擇了
後者，從此心靈受到污穢，行為肆無忌憚，禍害也就從此開始。歌隊
細膩追溯伊菲吉妮亞過去的可愛，以及被殺時哀求的細節，倍增阿格
曼儂的殘酷與罪過。
隨著黎明到來，王后出現，歌隊才停止漫漫長談，但已為全劇提供了
足夠的背景。在回顧十年戰爭的痛苦，以及勝負未定的情況下，他們
再三呼求宙斯幫助他們解除憂思，同時不斷流露兩個期望：一是善良
最後得勝成功，另一是透過痛苦，學習智慧。本段表演完成約需二十

率領著一千艘船的阿戈斯人作為

軍事後盾，從這片土地出發。

他們是阿垂阿斯的兩個兒子——

門那勞斯和阿格曼儂——

兩人都有宙斯賜予的寶座和權杖，　　　　　45

形成一對強大的，充滿榮耀的軛頭。

他們從內心深處高喊著戰爭，

像是為了失去幼兒

而悲慟萬分的老鷹。

他們拿翅膀當划槳，　　　　　　　　　　50

盤旋在窩巢的上空，

因為他們看見當初為幼兒

築窩的努力已經化為烏有。

某位天神，可能是阿波羅，

或是潘恩[8]，或是宙斯，聽見了　　　　　55

這些高空寄居者[9]

尖銳的悲鳴，

於是派遣了復仇女神，

（續）————————————

　　　分鐘，是希臘悲劇中極為傑出的台詞。

7　普瑞姆（Priam），特洛伊國王，巴瑞斯之父。

8　潘恩（Pan），山林野獸之神。

9　指前面提到的老鷹。

對逾越者施行遲來的懲罰。

同樣的，那強大的、　　　　　　　　　　　　　　60

保護賓主之道的宙斯，[10]

派遣了阿垂阿斯的兩位兒子

去懲罰巴瑞斯。祂對希臘人和特洛伊人

做出了同樣的安排：為了一個人盡可夫的

女人，雙方會戰鬥到精疲力盡，他們的膝蓋　65

將跪落塵埃，他們的矛頭也會紛紛折斷。

現在的形勢就是這樣，一切正按照

既定的結局完成。

無論是火烤的祭肉，

還是倒出去的奠酒，　　　　　　　　　　　　70

都無法平息神祇強烈的憤怒。

我們當時身體老邁，無法支援，

於是留了下來；

我們像孩子般的薄力，

都放到拐杖上了。　　　　　　　　　　　　　75

10　由於歷史和地區的關係，宙斯被賦予很多功能，保護賓主之道（rites
　　of hospitality）即為其一。所謂賓主之道，即主人對旅客給予適當的
　　接待，旅客也應遵守一定的規矩。希臘人非常重視這種風俗，巴瑞斯
　　卻做出最嚴重的侵犯。

雖然生命的嫩髓還在
胸中激動，但戰鬥的精神，
在垂垂老矣中已渺無蹤跡。
老年靠著三條腿移動，
生命的綠葉已經凋謝，　　　　　　　　　80
力氣弱如稚子，晃晃蕩蕩，
像白晝的夢。

不過，廷達瑞斯的女兒、
柯萊特拉王后啊，
是什麼事情，　　　　　　　　　　　　85
什麼新聞或訊息
使妳這樣到處舉行祭典？
所有保護這都城的神祇，
無論是天上的和地下的，
屋前的和市場的，祂們的　　　　　　　90
祭壇都祭品滿滿，火光熊熊。
這邊，那邊，火炬高入天際，
那火炬是由純淨、柔和
又神聖的脂膏，加上
王宮內庫的藏油製成。　　　　　　　　95

凡是妳能說的、適合說的，
請告訴我們；請做我們的
救護者，解除我們的憂慮。
由於它，我們有時感到沮喪，
但在其他時候，我們又 100
會感到一線希望，
掃除了焦慮。[11]

正旋一

我要敘說那時在路上的一個預兆，
如何發生在領導眾人的統帥身上； 105
畢竟我依然保有來自神祇的口才，
我現在的年歲也適合於歌頌英雄。
說起來，是那好戰的
飛鳥驅使著
兩位同心協力的領袖， 110
率領著希臘的年輕人，
手中拿著復仇的長矛，
出發到特洛伊的國土。
那時，兩隻鳥中之王

11　本行原文意義不明。

出現在船艦之王的前面，　　　　　　　　115
一隻是黑的，後面一隻是白的，
它們在王宮右邊一個耀眼處
吞噬一隻懷孕的母兔：
牠在逃亡的最後一程
受到了阻止。　　　　　　　　　　　　120
歌唱悲哀啊，悲哀，但願善良最後得勝。[12]

反旋一

軍隊裡智慧過人的預言師看到此事，
就知道那兩隻吞噬母兔的老鷹，
就是那兩位好戰的領導者：阿垂阿斯
個性不同的兒子們。他這樣解釋預兆：　　125
「假以時日，這次的
遠征軍將會攻下特洛伊；
命運之神也會使用暴力，
摧毀城牆外面
人民全部的牛羊。　　　　　　　　　　130
只希望神明的憤恨不要打擊

12　這句覆唱詞（refrain）一再出現（如139與159行）。它來自哀悼的儀
　　式（rituals of mourning）。

集結的我軍，在這個控制

特洛伊的厄口上投下陰影。

純潔的阿特密斯[13]由於憐憫，

忌恨祂父親有翅膀的獵犬，　　　　　　　　　135

在那隻怯弱的母兔生下

幼兒之前，就將母子一併犧牲。

祂痛恨老鷹們的饗宴。」

歌唱悲哀啊，悲哀，但願善良最後得勝。

「對於獅子嫩如朝露的幼苗，　　　　　　　　140

以及所有野生動物還未斷奶的雛兒，

美麗的女神非常疼愛，

於是要求實現這些徵兆，[14]

其中有的吉利，有的凶惡。

我請求醫神阿波羅不要讓祂　　　　　　　　　145

對阿戈斯人發出長久不息的逆風，

使他們的船隻受阻港內，不能開航。

13　阿特密斯（Artemis），狩獵女神，阿波羅的妹妹。

14　「這些徵兆」指殺死幼兔；「實現」指殺死產生的後果。

祂急於做出第二次犧牲，[15]

其中沒有音樂和歡宴，

只能構成家庭內訌，　　　　　　　　　150

使妻子對丈夫毫無畏懼。

此外，還有一位可怕的管家伺機而出，

就是那詭詐陰險、

永遠記仇、為孩子報復的憤怒之神。

這些就是卡爾卡斯[16]　　　　　　　　155

根據路上看到的飛鳥

所喊出來對王室的凶訊和佳音。

配合他的訊息，

歌唱「悲哀啊，悲哀，但願善良最後得勝。」

正旋二

宙斯，無論祂是誰，如果　　　　　　160

祂喜歡這個名字，

我就這樣稱呼祂。

15　第一次的犧牲可能是指被殺死的兔子（137行），也可能是指賽斯特斯（Thyestes）殺死的孩子們。劇中卡遜妲（Cassandra）及伊及斯撒斯（Aegisthus）都一再提到。

16　卡爾卡斯（Calchas）就是122行的「智慧過人的預言師」。

我衡量了萬物，

但他們都無法和祂相比，

只有宙斯能夠真正幫助我　　　　　　　　165

從心中拋開徒勞的憂思。[17]

反旋二

從前那位偉大的尊神[18]，

曾因百戰百勝而躊躇滿志，

但祂已成明日黃花，

不再有人提起。　　　　　　　　　　　170

在祂以後的那一位，

在碰上能夠傾覆

祂的對手後也同樣消失。

唯有歡呼宙斯勝利的人，

才會在各方面獲得明白。　　　　　　　175

宙斯立下這條不變的法則，

引導人們走上智慧的道路，

17　原文意義不夠連貫，此處揣測大意譯出。

18　希臘神話中，天上的尊神經歷了三代暴力革命。第一代的至尊是烏拉
　　諾斯（Ouranos），祂被兒子克羅諾斯（Kronos）推翻，克羅諾斯後來
　　又被兒子宙斯推翻。

那就是從痛苦中學習。
痛楚滴在心頭，使人回憶
以前的苦難，輾轉不能入睡；　　　　　　　　180
即使有人心有不甘，也會謹慎。
坐在那可怖的舵手位置的天神們，大概
就是這樣透過暴力，賜給世人恩寵。

正旋三

希臘艦隊年長的領袖
隨風轉變，沒有責怪先知。　　　　　　　　185
當時希臘聯軍駐紮在
卡爾克斯對面的
奧里斯地區，
那裡的海浪起伏咆嘯，
使他們不能出航，　　　　　　　　　　　　190
受到飢餓的迫害。

正旋四

大風從斯特蒙吹來，
對於船隻和纜索毫不留情，
引起了有害的閒暇、
饑餓、危險的停泊　　　　　　　　　　　　195

以及士兵們的遊蕩；
它使時間加倍漫長，
耗盡了希臘的精華。
為了對付殘忍的風暴，
先知透露阿特密斯是它的根源，　　　　　200
向兩位領袖嘶喊出
他們難以忍受的解決辦法，
阿垂阿斯的兒子們不由得
用王杖擊地，眼淚奪眶而出。

反旋四

那年長的國王說道，　　　　　　　　　　205
「不服從是沉重的命運；
同樣沉重的是殺死我可愛的女兒：
一個閨女流淌的鮮血，
將污染祭壇旁邊她父親的雙手。
兩者之間，哪一個沒有罪惡呢？　　　　　210
我又怎能背叛同盟，
成為艦隊的逃兵呢？
他們情緒高漲，熱血沸騰，
盼望犧牲閨女，用她的鮮血
來平息風暴，　　　　　　　　　　　　　215

這也是對的。

但願一切無恙。」

正旋五

他套上了那必然的軛頭之後，

心靈也變得不潔淨、不虔誠、不聖潔。

從那一刻起，他改變了想法，　　　　　　　　220

什麼都敢做。

無情的「迷惑」往往慫恿人們

肆無忌憚，他們的禍害從此開始。

他就這樣鐵了心腸，

預備犧牲自己的女兒，　　　　　　　　　　225

去協助為了失去一個女人的

復仇戰爭，也為艦隊預付了奠儀。

反旋五

她的哀求、她呼喚「父親」的聲音、

她處女的年華，那些好戰的

將領們都毫不理睬。　　　　　　　　　　　230

她父親做完禱告，趁她跪在他

袍子前面，全心哀求的時候，

命令僕人們把她像小羊一般，

臉部朝下的拿到祭壇上方，
他們靠著暴力，用勒頭　　　　　　　235
遮住她美麗的小口，
以免她喊出任何聲音，

正旋六

造成對家庭的詛咒。
她橘黃色的袍子垂落地面，
像一幅很特殊的圖畫，　　　　　　　240
她的眼睛對著每位獻祭的人，
射出一支支乞憐的飛箭，
她想一個個呼喚他們的名字，
以前在父親高朋滿座的廳堂裡
她經常歡唱，也常在愛她的　　　　　245
父親倒下第三次奠酒時，
用貞潔的聲音唱出禱歌。

反旋六

以後的事情我沒有看見，不說也罷。
但是卡爾卡斯的技能不會不準。
因為有的人要從痛苦中學習，　　　　250
正義的天平正往一邊下垂。

關於未來的事，來了你就會知道，
沒來就享受現在吧，不必杞人憂天。
未來隨著黎明的曙光會變得清晰。
至於其他的事情，希望一切順利，　　　　255
就如阿戈斯那個永不離開
的保衛者所希望的一樣。

第一場

柯萊特牡王后自宮中上。

歌隊	柯萊特牡，我尊重妳的權力，所以來了。
	在國王離開御座時，本就應當
	將他的榮譽轉移到他的妻子。　　　　　260
	我想知道妳為什麼舉行祭祀。
	是聽見了好消息呢，還是希望如此？
	妳如果緘默，我也不會介意。
柯萊特牡	但願像古諺所說，良夜之子的黎明
	是傳報佳音的使者。　　　　　　　　265
	你將聽見的喜事遠超過你的希望，
	希臘人已經攻陷了普瑞姆的都城！
歌隊[19]	妳說什麼？妳的話匪夷所思，我不明白。

19　268—280行：歌隊對柯萊特牡的宣告難以置信，提出問題，雙方於
　　是展開了緊張的對話。這種一人一行的對話形式，稱為「單行對話」
　　（stichomythia），在本劇及其他希臘悲劇中常見。

柯萊特牡	特洛伊已經落到希臘人的手裡了,清楚了嗎?
歌隊	快樂襲上心頭,讓我不禁流淚。 270
柯萊特牡	不錯,你的眼睛表示出你的忠誠。
歌隊	妳聽到什麼訊息?這件事妳有沒有憑據?
柯萊特牡	當然有,怎麼會沒有?除非有神祇在欺騙我。
歌隊	夢中所見到的形影,妳也相信嗎?
柯萊特牡	我不會相信沉睡時的幻象。 275
歌隊	那麼難道是個無稽的謠言?
柯萊特牡	你簡直把我的智力當成小孩。
歌隊	那都城是什麼時候毀滅的?
柯萊特牡	就是在生育今天晨曦的夜晚。
歌隊	哪個報信人這麼快就能到達? 280
柯萊特牡 [20]	是火神。祂從伊達山 [21] 送出一個明亮的
	火焰,然後烽火台藉著火的使者

20　281—312行:本段由柯萊特牡說明烽火傳遞的途徑,由她的丈夫從
　　特洛伊開始,經過伊達山(Mt. Ida)及一連串的海島,最後傳遞到接
　　近都城的守望站,再由王宮屋頂的守望人看到而結束,整個描述生動
　　細緻,包括沿途的具體地點,烽火的傳遞人,以及火焰的材料如松脂
　　及枯草等等。
　　這個火焰旅程超過四百公里,其中很多的地點及細節,後人早已不能
　　查證,但對希臘當時的觀眾,一定能展現劇作者的博學多識。在同
　　時,本段也顯示說話者的計劃及組織能力,並反映出她此時興奮的心
　　情:她盼望殺夫報仇的時刻終於來臨。

21　特洛伊城後的高山。

傳到這邊的烽火台。

伊達山把它送到楞諾斯島上的

赫耳墨斯懸崖上，從這島上，　　　　　285

宙斯的阿托斯山收到了

第三把巨大的火炬。

這活躍的火焰又飛過了

海洋的表面，力大無窮，

那松脂的火炬，像另一個太陽，　　　290

把金色的光芒送到馬喀斯托斯山上。

那裡的守望者沒有拖延，也沒有因為昏睡，

以致疏忽了信使的責任。

那亮光從遠方跨過歐波斯海峽上空，

對墨薩庇翁山上的守望人，　　　　　295

送出它正在來臨的訊息。

他們點燃了一堆枯草作為

回應，把訊息傳遞得更遠。

那旺盛的火炬一點也沒有黯淡，

它好像一輪明月，跳過了阿索波斯河平原，　300

朝向喀泰戎懸崖，驚醒了另一段的火光接

力者。

那守望人沒有拒絕遠來的火光，

反而點燃了一個更強大的

火焰；那火光掠過戈根湖面，

到達山羊遊走的山上，　　　　　　　　　305

敦促它不要玩忽有關火光的命令。

那裡的人不遺餘力，點燃一叢巨大的火鬚，

送它越過那俯瞰薩洛海峽的海角，

沿途繼續燃燒。

它隨即下降，到達了阿克尼山峰，

然後它就落到了這裡阿垂阿斯的屋頂，　　310

伊達山正是這光亮的始祖。

這就是我安排的火焰接力賽，

它們一個接著一個，依次跑完全程，

從最先到最後的跑者都是贏家。

我告訴你的這些訊號和憑據，都是　　　　315

我的夫君從特洛伊差遣來的信使。

歌隊　　夫人，我稍後再向神祇祈禱謝恩；

我希望你能從頭到尾再說一遍，

好讓我來驚嘆讚美。

柯萊特牡[22]　特洛伊今天是在阿戈斯人的手裡了，　　320

22　320—350行：在本段，柯萊特牡說出希臘軍隊在勝利後應該遵守的
　　行為規範，俾能保持征服的成果，安全回國。其實，她希望希臘軍違

我想城中一定有不相融合的聲音。
你把醋和油倒在一隻瓶子，
你會說它們互不相容。
同樣的，你會分別聽見被征服者和
征服者的聲音，因為它們的命運不同。　　325
有的人跪倒在丈夫或弟兄的屍體邊，
還有孩子們在長輩的遺軀旁，
他們用情不自禁的聲音，
對最親愛的去世者表示悲悼。
對征服者而言，他們在戰後勞累到午夜，　　330
飢腸轆轆，於是不按階級高低，
各自在城裡找尋剩下的食物。
為了遮蔽露天的霜露，他們
各憑運氣抽籤決定，住進了
用干戈征服的特洛伊人家，　　335
而且像有福的人一樣，不需哨衛
就可以整夜安睡。

只要他們尊重被征服者的護城神和神殿，
那麼征服者就不會被征服。

（續）————————————————
反這些規範，受到天譴。

讓我們的軍隊不要被欲望淹沒，或是　　　　340
受到貪婪的箝制而觸犯禁忌。
畢竟他們還須沿著那雙程跑道
迴轉，力求回家途中的安全。
即使軍隊沒有冒犯神祇，得以回歸，
那些被殺害者的憤恨還可能醒轉。　　　345
啊，千萬不要發生新的錯誤！
我的這些話，只是婦人之見。
我祈求能夠享受很多的福佑，
但最大的心願只是，讓世人都能
目睹至善獲得最後勝利。　　　　　　350

　　　　柯萊特牡可能在這裡或354行出場。

歌隊　　夫人，妳語言睿智謹慎，不輸男子。
從妳這裡聽見了可靠的證據，
我準備向神祇歡欣謝恩；
我們的苦難終於獲得了報償。

第一合唱歌

歌隊[23]　　啊，宙斯王！啊，友善的夜晚！[24]　　　　355
你擁有許多閃耀的財富，
你在特洛伊的城堡上
撒下綿密的巨網，[25]
以致無論老少，
都不能跳出毀滅和奴役的厄運。　　　　360

我瞻仰管理賓主之道的宙斯，
是祂從巴瑞斯索取了他的虧欠。
祂緩慢又細心的彎弓對準了他，
務必使射擊他的箭矢　　　　365
既無不及，也未超過。

23　355—488行：聽到柯萊特牡的捷報後，歌隊感謝宙斯懲罰了巴瑞斯
　　和特洛伊，接著開始了一連串的聯想。他們回憶十年前海倫丈夫的心
　　情，對他非常同情，但接著又抱怨他不該為了一個女人，在國內引發
　　這麼深廣的痛苦，而且遠征軍在歸途中還可能受到神祇的懲罰。因為
　　這種種原因，他們聲稱只願過獨立自由的生活，不想去毀滅別人的家
　　園。

24　希臘是在夜晚攻佔特洛伊的。

25　「羅網」是貫穿全劇的意象（image），在此首次出現。

正旋一

人們談論宙斯的打擊。

你可以依據事實，清楚發現根源：

祂是按照祂宣告的意旨行動。

有人說神祇們不屑於   370

懲罰那些踐踏

美妙聖事的人們；

這種說法是種褻瀆。

懲罰其實非常明顯。[26]

有的家庭財產過份   375

豐滿，它們的成員

心高氣傲，行為乖張，

膽敢逾越正道，

以致禍延子孫。

但願我的才智讓我知足，   380

免得我的財產招惹神怒。

因為財富滿溢，就將

正義的祭壇遠遠踢開的人，

不會得到任何保障。

26　這兩三行原文殘缺，同時影響下兩行的意義。

反旋一

詭計多端的「毀滅」，	385
利用她難以抵抗的女兒「引誘」，[27]	
會毫不留情的將他摧毀，	
他的傷害無法挽救、掩飾，	
反而像道可怕的光線，非常明亮。	390
他如同受到撞擊磨損的劣銅，	
顯露出不能洗刷的黑色雜質；[28]	
他像追捕飛鳥的頑童，	
不可能逃脫他應得的懲罰。	395
因為他給城邦帶來災難，	
沒有神明聽取他的祈禱，	
反而是正義毀滅了這個惡徒。	
巴瑞斯就是如此。	
他到阿垂阿斯的宮廷，	400
玷污了接待賓客的床第，	
拐走了一個有夫之婦。	

---

27 「毀滅」（Destruction）及「引誘」（Persuasion）擬人化，簡單說明巴
瑞斯受到「引誘」娶了海倫，然後走向「毀滅」的不歸路。

28 銅參雜了鉛，磨損後就現出黑色。

正旋二

她留給她同胞的是慌亂的
兵器的收集、軍隊的集結，
以及船隻的武裝；　　　　　　　　　　405
她帶到特洛伊的嫁妝是毀滅。
她輕快的穿越了城門，
去嘗試她不該嘗試的事情。
宮中的先知們呻吟歎道：
「哎呀，宮廷啊，哎呀，王子們啊！[29]　　410
哎呀，她和她丈夫分享過的床榻啊！
還有她衷心愛慕丈夫的腳步！
他失落的痛苦清晰可見：
沉默、羞辱、沒有怨罵、不肯祈求。
他懷念她，可是屋內只剩下她的幽魂。　　415
她美麗雕像的光采，
只招惹她丈夫的憎恨，
含情的眼神已經遠去，
愛的魅力隨著消沉。」

29　410—425行：敘述自從海倫離開希臘以後，她的丈夫門那勞斯的痛
　　苦。

反旋二

憂傷的記憶在夢中閃爍，　　　　　　　　420
帶來的只是虛空的歡喜，
像一個飄渺的福佑
從懷抱中溜走，
再也不能在入睡前
作為翱翔的伴侶。　　　　　　　　　　425
這些都是宮廷裡面的
痛苦，但是，更痛苦的
情形還有很多。

每個有男人遠離的
家庭，都有長久痛苦的　　　　　　　　430
女人。很多事情
刺痛她們的心扉。
她們的親人
離開時精神抖擻，
到家時卻變成了　　　　　　　　　　435
骨罈中的灰燼。

正旋三

戰神在特洛伊的
戰場架起天平，
用黃金來兌換屍首[30]，
把火化的灰燼，　　　　　　　　　　440
裝滿容易收藏的
瓦罐送給了親人，
令他們沉痛哭泣。
他們流著眼淚讚美死者，
說這個人如何驍勇善戰，　　　　　　445
那個人在血戰中如何
死得光榮。悲傷之餘，
有些人還低聲抱怨：
「都是為了一個人的妻子。」
阿垂阿斯的兒子們　　　　　　　　　450
固然是原告，也是
人們抱怨的對象。
其他年輕英俊的戰士
躺臥在特洛伊城牆的地下，

30　黃金（gold）可能指黃土（gold-dust）。

被他們佔據的泥土埋葬。[31]   455

反旋三

市民的忿怒是沉重的，
公眾的詛咒必須回報。
還有一個焦慮是：
在黑暗中可能發生什麼，
因為神祇不會坐視   460
眾人的屠殺者。
多行不義的人即使成功，
黑袍的復仇女神[32]
會適時逆轉他的命運，
使他衰弱無力；   465
當他最後進入冥府時，
不會受到任何保障。

過分的讚譽是沉重的，
因為從宙斯的眼睛裡，
會射出山崩地裂的雷擊。   470

31　這些年輕的戰士，生前要佔據特洛伊的領土，現在他們的目標達到
　　了，但諷刺的是，這領土卻成為他們的墳墓。
32　復仇女神的衣服和皮膚都是黑的。

讓我的財富不致招人嫉妒，
讓我不去毀滅別人的城邦，
也讓我不要成為俘虜，
在別人的支使下生活。

第三曲末節

那火光帶來的喜訊，475
很快就會傳遍全城。
有誰知道這是真的嗎？
或者是神送來的幻覺？

誰會這樣幼稚，或是這樣糊塗，
以致他起先會因為火光帶來的480
意外消息而興高采烈？然後在
音信改變時又垂頭喪氣？
真像女人的作風：真相
尚未大白，先就歡欣感謝。
女人容易輕信，把消息485
散播得又快又廣，
可是她們的謠言，
也會快速的消失。

第二場

柯萊特牡　　　我們很快就可以知道，那些燈塔守望、

火光傳遞的訊息究竟是真確的，　　　　　　　490

還是它們所帶來的歡欣火光

只是像夢幻一樣欺騙我們。[33]

我看見一個信使從海邊過來，

他頭上綁著橄欖枝條[34]，他掀起的

乾渴塵埃──那泥土的姊妹和鄰居──　　　　495

向我保證他不會像山林的火焰般沉默無語。

相反的，他會清楚報告，

好讓我們更加高興，或者……

我不喜歡設想反面的狀況。

既有的信號顯然很好，但願還有更多！　　　　500

歌隊　　　　　如果有人對城邦有別的

33　希臘人相信，神祇有時會用夢來欺騙人。

34　信使頭上帶著橄欖樹條，表示他帶來的是好消息。

祈禱，願他自食惡果。

　　　　　　　　　　　　　　　信使上。

信使[35]　　啊，阿戈斯，我父親的土地！
　　　　十年過去，今天我終於回來！
　　　　多少個希望破滅了，但是我完成了這個。　　　505
　　　　是的，我從未想到我能死在阿戈斯，
　　　　有幸埋葬在它親切的泥土下面。[36]

　　　　國家啊，陽光啊，我向你們致敬！
　　　　還有您，最高的宙斯！還有阿波羅：
　　　　請不再向我們彎弓射箭，你在　　　　　　　510
　　　　斯卡曼洛斯河岸已經顯示出足夠的敵意。
　　　　阿波羅啊，願你能作我們的保護者和醫神！
　　　　我還要向那些聚在一起的神祇致敬，
　　　　特別是我的保護者赫彌斯、
　　　　我們傳令者特別敬愛的傳令神。　　　　　　515
　　　　還有那些派遣我們出征的英雄們，[37]

35　503—523行：信使首先對睽別十年的故鄉流露出喜出望外的真情，
　　接著向很多神祇致敬，特別祈求宙斯和阿波羅，不再打擊戰後餘生的
　　希臘聯軍。在看到王的宮殿後，請求繼續對國王眷顧。
36　對希臘人而言，埋葬異域，遠離親人，是極大的悲哀，參見455行。
37　指已死的英雄。希臘人相信他們雖死，但從墳墓中仍可影響世界事務。

願他們能繼續眷顧戰後餘生的軍隊。
宮殿——我們國王的府邸啊,
還有莊嚴的寶座,以及面向朝陽的神祇[38]啊,
我們從前離開時,你們曾滿眼歡欣的道別,　520
現在多年過去,願你們以榮譽歡迎國王!
因為他,阿格曼儂君主,給你們在黑夜
帶來了光亮,讓這裡所有的人們分享。

來吧!好好歡迎他,這是應當的,[39]
因為他用正義之神宙斯的　　　　　　　　　525
鶴嘴鋤,把特洛伊挖得天翻地覆:
土地破壞了,祭壇和神座不見了,
地裡的種子也全毀了。這就是
他套在特洛伊頸上的軛頭;
他,阿垂阿斯的長子現在回來了,　　　　　530
他受到神佑,是當今最值得尊敬的人。
巴瑞斯和協助他的城邦,不再能夠誇口
他們的所作所為,遠勝於他們遭受的痛苦。

38　指神像,在宮殿東邊,面對朝陽。
39　524—537行:信使回國報告勝利,敦促國人好好歡迎國王,因為他
　　在勝利後徹底摧毀了敵方的土地、祭壇、神座及神殿。他認為這是國
　　王的成就,其實按照柯萊特牡前面所說的話,這些正構成他的褻瀆。

	因為他在搶奪和偷竊的控告案中敗訴，	
	不但贓物遭到剝奪，連他祖先的房舍	535
	和下面的土地也被徹底催毀。	
	普瑞姆的兒子們加倍償還了他們的罪孽。	
歌隊[40]	從前線回來的傳令官，願你快樂！	
信使	我快樂，即使現在死去，也不會抱怨神祇。[41]	
歌隊	你可曾因為思念家土而苦惱？	540
信使	有的，所以我滿眼快樂的淚水。	
歌隊	那麼你以前的痛苦是一種享受。	
信使	什麼？請你指教，讓我了解。	
歌隊	因為你懷念的人也懷念你。	
信使	你是說家鄉也懷念那懷鄉的軍隊？	545
歌隊	是的，所以我常常嘆息，精神抑鬱。	
信者	你怎麼會這樣憂鬱重重，心懷恐懼？	
歌隊	長久以來，緘默一直是我的避禍良方。	
信使	難道君主不在時，你們還害怕別人？	

---

40 538—550行：歌隊與信使的單行對話，每行的內涵及心情都在急遽
變化，主要原因在於歌隊要透露他們多年來生不如死的鬱悶，暗示城
邦暗藏危機。現在他們還相當含蓄，下面會愈來愈直接而且強烈。

41 意為心願已了，死而無憾。但此行原文殘缺，有人解讀為：「我不再
向神求死」（I no longer ask the gods for death）。意謂滿意生活，不求
借死解脫。

歌隊	是的，就像你所說的，死亡是種慰藉。	550
信使[42]	結局總算良好。在漫長的	
	時間裡，有些事情進行順利，	
	有些則不然。除了天神，	
	哪個常人能終生沒有痛苦？	
	若是我告訴你我們的苦難，	555
	船上狹窄的過道、簡陋的床鋪、	
	以及日常補給沒來時，	
	我們發出的呻吟……	
	陸地上的事情更是可恨，	
	我們的軍營對著敵人的城垛，	560
	從天空和從草地來的露水，	
	經常濕透了我們的衣服，	
	讓頭髮長滿了蝨子。	
	冬天時伊達山的雪會讓	
	鳥兒凍死，人也難以忍受；	565
	在炙熱的夏天，中午時紋風不動，	
	大海都懶懶入睡。	

42　551—582行：信使訴說遠征軍在前線生活的苦難，但他認為既然結局良好，不僅不必為往事縈懷，甚至因為希臘的聲譽傳遍大海和陸地，往事足以讓人愉快。

何必這樣感嘆呢？

艱苦都已經過去，

死者再不會為往事縈懷，　　　　　　　　570

活人為什麼要緬懷他們，為惡運呻吟？

對於我們殘存的軍隊來說，

利益遠遠超過損失。

我甚至認為，往事足以讓我們愉悅。

我們的聲譽傳遍大海和陸地，　　　　　575

我們可以對艷陽大聲誇口：

「阿戈斯的遠征軍攻下了特洛伊，

他們會將戰利品的牌子，釘在

希臘諸神的神殿上供後人瞻仰」。[43]

人們聽見了這些話定會讚美城邦和　　　580

它的將領們，並且對宙斯的恩惠表示尊敬，

因為是祂促成了這些偉業。我的話都講完了。

歌隊　　你的話讓我心服，我沒有絲毫反對，

因為老而好學顯示出青春活力。

這個消息固然讓我期待利益，　　　　　585

43　在神殿供奉戰利品，同時釘上一塊牌子，上面寫上奉獻者姓名，以及
　　讚美文字等等。劇中這三行的做法及寫法，很合乎當時的習俗，稱為
　　釘上戰利品（nail the spoils）。

　　　　但更該讓宮廷和柯萊特牡知道。

　　　　　　　　　　　　　柯萊特牡自宮中上。

柯萊特牡[44]　當第一個火光信號在夜裡到達，
　　　　報告特洛伊的陷落與毀滅時，
　　　　我就已經歡呼。那時有人責備我說：
　　　　「妳相信火光的信號，認為特洛伊已經　　　590
　　　　毀滅了嗎？這樣容易動心，真像個女人。」
　　　　這話使我顯得頭腦不清，
　　　　但我還是在城內舉行了祭祀，
　　　　東一處，西一處，讓人們發出歡呼，
　　　　並在眾神廟裡的火焰上撒上香料，　　　　595

44　587—614行：柯萊特牡首先譏笑歌隊以前對她的懷疑，並說她已
　　經在城內很多地方舉行祭祀。接著她要求信使傳話給「我尊貴的丈
　　夫」，她將以最熾烈的感情歡迎他的歸來；她還說她一直非常忠誠，
　　最後她說：「至於男女之歡，或指責性的流言蜚語，我毫無所悉，就
　　像我對如何焠鍊黃銅一樣。」
　　柯萊特牡與伊及斯撒斯的不倫關係已經持續多年，現在更準備殺死丈
　　夫，為防他聽到流言蜚語，所以偽裝撒謊，要信使傳話，語氣極為誇
　　張。她最後提到的「黃銅染色」，是種特殊的冶金技術，一般女人不
　　會知道，貴婦如她更應如此。她現在利用這個意象，來比喻她對「男
　　女之歡」的無知，顯然是故作玄虛，也可能是一語雙關，以致歌隊立
　　刻反應，說她的話需要好的解釋。

讓它在黯淡中散放芬芳。

　　　　　　　　　　　向信使。

我從國王本人就會聽到一切，

難道你還有什麼要告訴我嗎？

我得準備迎接我尊貴的丈夫。

對於一個女人，哪一天的陽光，　　　　　600

會照耀得更為甜蜜呢？

那不就是當神祇把她的

丈夫從戰爭裡平安帶回，

她為他開啟大門的時候嗎？

報告給我的丈夫，他是城邦的寵兒，　　　605

願他盡快回來！

他會發現他的妻子非常忠誠，

就像他離別時一樣；

她就像王宮的看門狗對他友善，

對他心懷惡意的人則充滿敵意。

在其他方面也是一樣，他設立的

封印[45]，我一個都沒有破壞。　　　　　610

45　封印（seal）一般意義指庫房等等門口的封條。有人甚至認為此字還
　　包含貞操鎖（seal of chastity）在內：古代在婦女子宮加鎖，以保其貞
　　操。柯萊特牡可能故意模糊其詞。

至於男女之歡，或指責性的流言蜚語，

我毫無所悉，就像我對如何焠鍊黃銅一樣。

這就是我充滿真情的豪語，

像我一樣的貴婦可以大言不慚。

柯萊特牡出場。

歌隊	她的話講完了，似乎很有道理，	615
	但需要一位好的解說者幫你分析。	
	但是，信使，告訴我，門那勞斯——	
	受本地愛戴的君王——他是不是和	
	你們一道平安回來了？	
信使[46]	我無法把假話說得那麼動聽，	620
	讓我的聽眾能長久感到快樂。	
歌隊	如果你講的好話也是實話，就太美了。	
	當兩者差距過大時，隱瞞會很困難。	
信使	說真的，希臘軍隊已經	
	看不見他和他的船隻。	625

46　620—680行：在歌隊的詢問下，信使說門那勞斯的艦隊，在回航途
中被風暴捲走。他自認是傳遞捷報的人，不願多說靈耗，但在歌隊的
追問下，他才細說黑夜中狂風驟起，船隻互相猛烈碰撞；陽光升起
時，海上漂浮著很多希臘人的屍體和船隻，但門那勞斯生死不明，相
信定會受到神祇最優惠的關照。按照荷馬史詩，門那勞斯的船隻漂流
到了埃及，後來才回到家園與海倫重聚。

歌隊	你們是看到他單獨從特洛伊啟航的呢，
	還是風暴在打擊整個艦隊時將他捲走？
信使	你像一個神射手一箭中的，而且
	寥寥數語就說出了一大串的災難。
歌隊	根據其他航海人的說法，
	他是死了呢？還是仍然活著？
信使	除了那養育萬物的太陽以外，
	沒有人能準確回答你的問題。
歌隊	那個神怒引起的風暴，是怎樣打擊
	我們的艦隊？又是怎樣停止的呢？
信使	沉痛的消息不應當污染吉日，
	神祇的榮耀與此事並無關聯。
	當報信人臉色悲戚，說出
	大家祈求不要發生的災難時，
	他會傷害公眾，
	使整個城邦陷入沮喪。
	如果他說戰神運用祂喜愛的雙鞭，
	毒打眾家子弟，使他們成為祭品……[47]

630

635

640

47　此句意義並不十分清楚。但整體來說，信使認為今天是大軍凱旋之
　　日，不應該報告不幸或悲哀的消息，以免破壞歡欣鼓舞的氣氛。但歌
　　隊既然一再追問有關「門那勞斯——這地方受愛戴的君王」的訊息，
　　信使只好如實相告了。

報信人帶來這樣的噩耗時，
他只適合唱報仇之神的凱歌。　　　　　　645
但是當他帶著成功的喜訊，
回到歡聲洋溢的城邦時……哎，
這憂喜摻雜的訊息，我該怎樣報告
那打擊希臘人的風暴呢？

互不相容的水火，為了毀滅　　　　　　650
阿戈斯不幸的軍隊，
居然訂定契約，結成聯盟。
在黑夜中，惡浪掀起了破壞。
斯瑞思吹來的狂風，
使得船隻互相猛烈碰撞，　　　　　　　655
最後完全消失，像是
被一個邪惡的牧人竊走。
陽光升起時，我們看見阿戈斯人的
屍體和船隻綻放在愛琴海上。
我們的人和船隻則安然無恙。　　　　　660

我們的掌舵者一定不是常人，
而是一位使用計謀、
為我們求情的神祇。

我們的救主「命運」安坐在我們船上， 665
所以我們沒有在波浪裡顛簸，
也沒有撞上石岸。
雖然免於做水裡幽魂，
但是在白晝裡，我們思忖著艦隊
遭受到的嚴重打擊，
還是不相信自己的好運。 670
他們如果有別的人活著，
一定會以為我們死了；
我們對他們的想法也是一樣。
但願結局盡可能美好！
至於門那勞斯，你可以期待 675
他會是第一批回家的人。
假如一抹陽光顯示他還活著，
表示宙斯並無意毀滅他的家族，
那就有希望他會回到家園。
你所聽到的這一切都是實話。 680

　　　　　　　　　　　信使下。

第二合唱歌

正旋一

是誰給她取的名字，[48]
竟然這樣吻合真相？
難道有個看不見的人士，
既預知未來的命運，
又正確的鐵口道出？　　　　　　　　　685
她，引動戈矛的新娘，
雙方爭奪的目標，
海倫，名副其實的害苦了船隻、
害苦了人民、害苦了城邦。
她從閨房精緻的門簾啟航，　　　　　690
在強烈的西風下揚帆疾駛，

48　歌隊聽到門那勞斯的靈耗，聯想到他的前妻海倫，認為她是所有災難
　　的根源。希臘人當時開始相信字源學（etymology），認為一個人的名
　　字（當時每個人都有名無姓），與他／她的命運有某種神秘的關聯。
　　海倫的希臘原文發音，接近「害淪」（hairein），即「毀滅」，所以艾
　　斯奇勒斯藉機發揮，讓歌隊說她是「名副其實的害了船隻，害了人
　　民，害了城邦。」歌隊解釋道：海倫與巴瑞斯的私奔，破壞了「賓主
　　之道」，他們的婚姻，更給特洛伊帶來眼淚和毀滅。

許多持盾的獵人依照划槳

消失的痕跡，在後面跟進。

可是海倫他們已經

停泊在特洛伊旁、   695

樹葉茂盛的西摩厄斯河岸。

這一切都出自

血淋淋的「挑撥」。

反旋一

「憤怒」則帶給

特洛伊一場名副其實、   700

充滿痛苦的婚姻。[49]

祂最後懲罰了

那些高唱

婚曲的人們，

因為他們破壞了   705

宙斯的賓主之道。

普瑞姆的城市

在晚年領悟到

49　原文「kedos」有兩種意義：一為結為連理（結婚），另一為悲哀。巴
　　瑞斯與海倫的婚姻，在後來成為特洛伊陷入戰爭、遭受痛苦的根源。

那首婚曲

其實是齣悲歌：　　　　　　　　　　710

人民經歷了

流血的痛苦，

大聲哀嘆

巴瑞斯的婚姻

所帶來的　　　　　　　　　　　　715

眼淚和毀滅。

正旋二

就如一隻幼獅[50]

50　717—749行：歌隊提到一隻獅子年幼時是寵物，受到家人的愛護；
　　可是牠長大以後，恢復本性，竟然肆意殘殺羊群（可能代表或涉及家
　　人），讓飼養牠的家庭佈滿血跡，也讓家裡的人不勝痛苦。
　　很多人都以為本段的獅子指的是海倫，因為幼獅受到這家人的「喜
　　愛」，但後來長大反而引起家人的「痛苦」，這演變的過程與海倫到
　　達特洛伊後的境況相似。也有人以為海倫就是本段末尾、毀滅之神的
　　「祭司」，因為是她導致巴瑞斯及特洛伊的毀滅，使違背天道者受到
　　應有的懲罰。但這兩種比喻無一能夠完全吻合全段的內涵，有的地方
　　甚至顯得不倫不類。
　　根據諾克斯（Knox）（Knox, Bernard. "The Lion in the House [*Agamemnon*
　　717-726 (Murray)]," *Classical Philology*, Vol. 47, No.1 (Jan. 1952), pp. 17-
　　25），幼獅成長與變化的故事其實是個寓言（fable），就像我們熟悉的
　　伊索寓言一樣，用一個故事來表達一個理念或抽象的性質。本劇幼獅
　　成長所表現的性質非常明顯而且簡單：它從溫順而受人喜愛，蛻變成

在依偎母懷、尚未斷奶時，
就被人收來飼養。
它在生命初期馴服乖巧，　　　　　　　　720
受到兒童的喜愛
和老人的疼惜。
牠像一個新生的嬰兒，
時常被抱在懷中。飢餓時

（續）────────────

野蠻而令人反感。在劇中具有這種性質的是阿垂阿斯家族，它每代都
有成員逐漸變質，最後成為殺人兇手。

這些成員與獅子或羊隻的關係充滿全劇，不勝枚舉。在劇首，歌隊說
道：「對於獅子嫩如朝露的幼苗……美麗的女神非常疼愛。」在劇
中，阿格曼儂告訴國人，希臘軍隊「在夜暗中躍過特洛伊的城牆，像
猛獅般飽舔王子們的鮮血。」柯萊特牡要進宮殺死阿格曼儂時說道：
「我沒有時間再在此逗留，預備獻祭給家族之神的羊群，已經佇立在
大廳正中的祭壇。」隨後卡遜妲預知自己會遭殺害，悲嘆說道：「那
隻在高貴雄獅不在時、和豺狼同眠的雙腳母獅將要殺死我。」稍早，
她提到伊及斯撒斯說：「這隻懦弱的獅子，留在這個主人的家中，在
臥床翻雲覆雨。」

在本三部曲的最後一齣《佑護神》中，為父報仇的奧瑞斯特斯受到復
仇女神的追擊，逃到阿波羅的神殿請求庇護，阿波羅於是將祂們趕
走，說道：這裡不是祢們該到的地方，「祢們應該住在汲血獅子的洞
穴」（193—194行）。這是三部曲中最後一次提到獅子，阿垂阿斯家
族數代殘殺的惡性循環同時接近尾聲，在劇末完全解決。

總之，作為一則寓言，本段藉由獅子或羊隻的比喻，可以象徵性的呈
現全劇的意義。

會用明亮的眼睛望著 725
主人的手，搖動尾巴。

反旋二

但是日久以後，牠就顯示
來自父母的本性；
牠回報恩寵的方法，
是肆意殘殺羊群 730
作為盛餐，讓飼養牠的
家庭佈滿血跡。
面對如此氾濫的殺戮，
家裡的人不勝悲痛。
神祇使得家中養大的成員 735
竟然是毀滅之神的祭司！

正旋三

我想說，最先到特洛伊的是：
一個恬靜無波的心靈，
一件溫和財富的飾品，
一隻眼睛射出的柔箭， 740
一朵消融心靈的情花。
但她在將他們結合後，

又使婚姻痛苦結束。
在賓主之神宙斯的護送下，
她馳奔到普瑞姆兒子們的　　　　　　　　745
家庭。她是個壞的住客，
壞的伴侶，
她就是讓新娘哭泣的復仇女神。

反旋三

一個古代的格言至今還流傳廣泛：[51]　　　750
一個家族累積的巨富
不僅會繼續滋長，
而且會綻放痛苦，
讓這個鴻運家族的後裔，
沒有盡止的承受。　　　　　　　　　　755
我的見解與眾不同，
依據因果法則，

51　750—781行：歌隊從古諺所說的「滿招損」開始，說到遵行正道的
　　家庭，定會有善良的後裔；相反的，暴行會滋生新的暴行，最後會招
　　致毀滅。福蘭克爾認為，這是艾斯奇勒斯的根本信仰，他寫道：「神
　　祇（或宙斯）會保證，或遲或早，褻瀆者受到懲罰，正義者將會得到
　　寬免。」（見Fraenkel. Vol. 2, p. 349）

惡行才會

孕育惡果。

遵行正道的家庭，　　　　　　　　　　760

它的後裔一定會有

善良的命運。

正旋四

但是在常人的愚行中，

舊的傲慢會滋生新的傲慢。

或遲或早，當注定的時刻來到，　　　765

無情的「毀滅」會

自然降臨，成為

這個家庭的黑色煞星。

它不可抵抗、無法逃避，　　　　　770

就像他們的父母遭受的一樣。

反旋四

在黯淡的屋簷下，

正義散發著光芒，

護佑正直的人；

金碧輝煌的府邸中，　　　　　　　775

如果有污穢的手，

祂會將祂的視線，
轉移到虔誠的家庭。
祂輕視財富的虛名，
引領萬物到它們　　　　　　780
注定的結局。

第三場

阿格曼儂和卡遜妲乘車上。

歌隊[52]　啊，國王，特洛伊的毀滅者、

阿垂阿斯的後裔，請告訴我，

我該怎樣稱呼你？我該怎樣　　　　　　　785

向你表示，才能既未超過

又無不及的反映出我的敬意和感激？

世界上有許多人忽視正義，

只注重它的外表。

人人都準備和遭到挫折的人　　　　　　　790

一起呻吟，但是心田卻

52　783—809行：歌隊前面已一再懷疑柯萊特牡行為出軌，現在顯然在警告阿格曼儂要特別提防，但苦無真實證據，只好以自己為例，用旁敲側擊的方式，拒絕巧言令色者的接近，再則坦承以前因為國王領軍出征，犧牲士兵，以致曾經滿懷怨恨，現在國王凱歸，人民當然敬愛有加，但國王宜利用時間，經由詢問，獲知公民在家的行為是否正當或踰矩。

沒有受到悲哀的啃噬，
對於成功的人，他們
則強扮笑臉，表示分享。
善於觀察群眾的領導者，   795
不會受到別人眼神的欺騙，
他們阿諛奉承，表示友好，
但感情其實非常淡薄。

不瞞你說，當你為了海倫
領軍出征時，你在我心中的   800
形象非常惡劣，
你像是一個自私的舵手，
預備用士兵們的死亡，
贏回一個自甘墮落的女人。
如今我滿懷友善的說：   805
我愛戴勞苦功高的人。
你可以利用時間詢問，
哪些公民的行為裨益城邦，
又有哪些逾越了分寸。

阿格曼儂[53]   首先我應當向阿戈斯   810

---

53 810—829行：阿格曼儂始終將特洛伊戰爭視為一場法律訴訟，他此

和它的神祇致敬，祂們

幫助我懲罰普瑞姆的王國，

又送我平安回家。

眾神聽見了我方無聲的訴求，

就將血淋淋的石票，一致投進　　　　　　　815

毀滅特洛伊城的甕中；

它對面的票甕卻是空無一物，

雖然希望之手一度接近過它。

火焰宣告那城市已被征服，

毀滅的狂風生氣勃勃；　　　　　　　　　820

餘燼隨著都城的滅亡，散發出財富的氛圍。

我們應當向神祇表示感激，

因為對那個放肆的搶劫，我們已經

索取到報償；為了一個女人，

他們的都城已被化為灰燼。　　　　　　　825

（續）─────

時提到的投票方式，類似公元前五世紀中雅典實行的投票放逐制度（Ostracism），不同的是，他認為此次對特洛伊的審判者是神祇，投入票甕的是血票，造成的結果是全城的毀滅，經由的方式是透過勇如猛獅的希臘戰士。此時阿格曼儂的宣告更為具體：在投票所放置兩個票甕，其中一個收有罪票，一個收無罪票。每個投票人都獲得一個貝殼或石片，他先將手伸進一個票甕，再到另一個做類似的舉動，但他究竟在那個票甕投進他的一票則無人知道，藉以保持秘密。

從阿戈斯的怪獸、那馬[54]的後裔中，

手持武器的士兵們跳出，

在夜暗中躍過特洛伊的城牆，

像猛獅般飽舔王子們的鮮血。

我向眾神的開場白到此結束。　　　　　　830

至於你的想法，我不僅銘記，而且同意。[55]

真的，很少人能不懷嫉妒，

為一位好運的朋友高興。

當一個人感到苦悶時，

惡意的毒液滲透心田，　　　　　　835

他的負擔也就加倍沉重：

他為自己的憂傷苦惱，

也憎恨別人的快樂。

因為我熟悉社會關係的鏡子，

我可以自信的說，　　　　　　840

54　即木馬（the Wooden Horse），一個木製的巨馬。特洛伊人不明就裡，將它拖到城內放置。藏身馬內的希臘軍人在夜間出來，輕易攻陷該城。

55　831—854行：阿格曼儂聲稱接受歌隊的意見，不過完全沒有聽這些父老弦外之音的警告。他自認熟悉人情世故，知道人類都嫉妒成功，幸災樂禍，唯有奧德西斯（Odysseus）是例外，對他真正友善。他最後宣告召開公民大會，討論興利除弊的措施，讓城邦永遠安定幸福。

那些似乎對我非常友善的人，

其實只不過是一種幻象；[56]

唯有奧德西斯，最初不願參軍，可是

一經戴上軛頭，就俯首甘為我的驂馬。[57]

不論他是生是死，我不會改變這個說法。　　　845

其餘有關城邦和神祇的事情，

我們要安排大會共同商討，

良好的，我們要商量如何保留；

如果有任何弊病，我們會使用

火燒或者刀割，將它們驅除乾淨。　　　850

現在我要進宮，在那有火爐神神龕的

廳堂，我要向神祇致敬，

是祂們送我遠去，又把我帶了回來。

勝利一直和我同在，願祂永遠如此！

柯萊特牡自宮中上。眾宮女抱著紫色掛氈隨上。

56　此處原文有脫落。現在譯文的意義是，一個人的社會行為可以反映他
　　的真實情感，就像鏡子一樣。

57　奧德西斯是國王，本來拒絕參加希臘聯軍，於是裝瘋，後來給人識
　　破，只好加入，此後為阿格曼儂出謀獻策，成為他的左右手。驂馬為
　　多馬共拉一車時，最接近駕車人右手的馬，在轉彎時起帶頭作用，所
　　以最為重要。

柯萊特牡[58]　　公民們，在場的阿戈斯受尊敬的長老們，　　855
　　　　　　　　我對於親夫的愛情，將毫不羞恥的
　　　　　　　　告訴各位；因為人的羞怯會隨著
　　　　　　　　時間消失。我所要說的並非從別人學來，
　　　　　　　　而是他在特洛伊時，我自己痛苦的生活。　　860

　　　　　　　　首先，一個丈夫遠離的女人，
　　　　　　　　孤單坐在家中，聽到連串惡意的謠言，
　　　　　　　　就是件可怕的憂傷；何況還有信使

58　855—913行：在這個長段裡，柯萊特牡的主要目的是解除阿格曼儂的
　　心防，以便攻其不備。他們的獨子奧瑞斯特斯與父親睽隔十年，此時
　　已是青年（應為十八歲），竟然不親來歡迎，極可能引起他父王的詢
　　問、懷疑，以致立即加強戒備。為了預防這個可怕的變化，柯萊特牡
　　的談話有三個重點：一、對歌隊訴說自己的寂寞與痛苦，甚至一度自
　　殺。她的謊言，意在去除旁聽的夫君的懷疑；二、強調城邦的危險，
　　直接說明遣送獨子到遠地的親家，是防患未然的謹慎措施；三、對阿
　　格曼儂極力奉承、諂媚、阿諛，連他本人後來都連說了三次「不要」。
　　在阿格曼儂沒有動疑之下，柯萊特牡邀請他踏上昂貴的掛氈
　　（tapestries），同時對歌隊說道：「讓正義引導他進入他從未奢望重見
　　的家……完成正義注定的命運！」表面上她在讚美阿格曼儂征服特
　　洛伊是正義之舉；實際上踏上掛氈是褻瀆神祇的行為。
　　前面320—350行中，顯示她話中有話，這裡又是一個顯明的例子。
　　下面的單行對話中，更可看到她如何運用犀利的言詞和計謀，一步
　　步將她的對手引到毀滅，完成「正義注定的命運」，為她的女兒報仇
　　（參見958—974行注釋）。總之，本段言簡意賅，寓意豐富，歷來廣
　　受學者讚美。

一個接著一個，帶來每況愈下的消息，

給家中憑添痛苦。這個人受到的創傷，　　865

如果像潮水般湧進我家的謠言那樣眾多，

那麼他的傷口會超過一張羅網。

很多消息說他已經死亡，

他就像第二個怪物革律翁[59]，

可以聲稱擁有三個身體，　　　　　　870

接受了三次泥土的外氅，

——我說的是地面上的泥土，不是地下的——

每次都在前次的下面。

因為類似這樣的惡意謠言，

我多次在頭頸下結繩上吊，　　　　　875

別人卻違背我的意願把繩索解開。

這是為什麼我們的兒子沒有站在這裡，

他是你的盟誓的保證人，也是我的，

他，奧瑞斯特斯，是應當站在這裡的。

你不必為此詫異；照料他的是一位　　880

親密的盟友、福客斯的斯特洛菲俄斯[60]。

59　革律翁（Geryon）為神話中有三個身體的怪物。

60　斯特洛菲俄斯（Strophius）是福客斯（Phocis）的國王，也是阿格曼
　　儂的連襟。他的兒子皮雷德斯（Pylades）是奧瑞斯特斯的朋友，後來
　　陪伴他回國為父親報仇。

他警告我說災難有兩種來源：
你在特洛伊城前的危險，
以及人民的非法騷動可能推翻議會，
因為落井下石是人的天性。　　　　　885
這個解釋沒有欺詐。[61]

至於我自己，我眼淚的噴泉
已經乾枯，現在一滴不剩。
我的眼睛發痛，因為它深夜哭著，
盼望你一直未曾點燃的燈塔火光。　　890
蚊子細小的聲音會像
雷鳴般把我從夢中驚醒，
因為我看見你所受的苦難
超過我睡眠中所能忍受的極限。

現在，忍受過這一切之後，心中無憂無慮，　895
我能夠稱呼我的丈夫是看守家園的忠狗、[62]

61　阿格曼儂在特洛伊作戰可能受傷或死亡，人民在國內也可能推翻現有
　　政府。在任一情況下，他們都可能殺死法定的繼承人以絕後患。

62　從此開始了一連串的奉承之詞，達到令人作嘔的程度。她接著就開始
　　了她陰謀的第一個重點：邀阿格曼儂走上昂貴的掛氈。阿格曼儂除了
　　嫌惡這些奉承冗長之外，連說了三個「不要」，其中兩個是「不要」

保全船舶的前桅支索、穩立在地基上

撐持高樓的支柱、父親的獨生子、

水手們喜出望外的陸地、

暴風雨之後的晴天， 900

也是口渴旅客的甘泉；

這份歡欣突破了任何形式的束縛。

這些稱呼我認為他都可以當之無愧。

讓嫉妒遠去吧！我過去所受到的

苦難已經夠多了。現在，親愛的， 905

從你的馬車下來吧！但是，不要把你的腳

踩在地上，主上，那是踏平特洛伊的腳啊。

婢女們，妳們不是已經奉命在他要走的

地方鋪上掛氈[63]嗎？還拖延什麼？

立刻在他的路上展開紫色的氈子， 910

讓正義引導他進入他從未奢望重見的家！

（續）────────────

由自己人這樣讚美他，第三個才是「不要」踐踏昂貴的掛氈。顯然
的，柯萊特牡的奉承發生了障眼法的效果，讓她攻擊的對手失去了防
禦的重心。

63　原文為「petasmoisin」，意義是掛氈（tapestries），不是地毯
（carpets）。這種掛氈不僅昂貴，而且踐踏後就不宜再用，所以都是祭
神時的裝飾品，在古代希臘，踐踏這種掛氈是褻瀆神祇的行為。

至於其餘的事情，讓思慮保持清醒，

在神祇的幫助下，完成正義注定的命運！

眾侍女鋪掛氈。

阿格曼儂[64]　萊達的女兒、我家庭的守護者，

你的話好長啊，就像我的離別一樣。　　　　915

不過適當的讚美應該來自別人。

另外，不要把我當成女人來寵慣我，

也不要像外國人一樣對我屈膝歡呼。

不要在我的走道上鋪上昂貴的

紡織品，那會招惹神怒[65]。只有神明　　　920

才能受到這樣的尊崇。作為一個常人，

我不可能毫無畏懼的踐踏

這些華麗的織品。老實說，給予我的

應當是凡人的榮譽，不是神明的。

即使沒有擦腳的布料和織品，　　　　　　925

64　914—930行：阿格曼儂不接受柯萊特牡的讚美，也拒絕踐踏華麗的
　　掛氈織品，因為那會招惹神怒。他自願作個常人，而且覺得他的名聲
　　已經遠播。

65　阿格曼儂充分認識「那會招惹神怒」，在下面幾行還會進一步加以說
　　明。他此刻的反應是正當的，可是柯萊特牡後來居然說服他改變初
　　衷，顯示他是明知故犯，罪有應得；同時顯示她超人的心智。在這場
　　勾心鬥角中，已可看出兩人勝敗的契機。

名譽的聲浪仍然遠播；

思想正確是天神最佳的賜予。

一個人只有在壽終時仍然安樂，

我們才能認為他的命好。

這點如果我能做到，就會心滿意足。 930

柯萊特牡 關於這件事，告訴我你真正的想法。

阿格曼儂 你放心，我決不會偏離我的判斷。

柯萊特牡 你對神祇做了那樣的宣誓，是否出於恐懼？

阿格曼儂 是的，睿智的人早就宣告了這種儀式。

柯萊特牡 如果普瑞姆擁有你的成就，他會怎樣做呢？ 935

阿格曼儂 我想他肯定會在織錦上走過去。

柯萊特牡 那你又何必在意常人的責備。[66]

阿格曼儂 可是人民的聲音有強大的力量。[67]

柯萊特牡 只有平庸的人才不會受人嫉妒。

阿格曼儂 爭強好勝不應是女人的本色 940

柯萊特牡 但主動捐棄勝利更顯得氣魄。

---

66 這句話表面似乎有理，因為兩人都是國君，但其實不倫不類。就事而論，以上討論的是「神怒」，不是「人的責備」；就人而言，阿格曼儂是普瑞姆的懲罰者，豈能相提並論；就結局而言，難道說阿格曼儂會遭到同樣毀滅的命運？

67 他此時已經跌入柯萊特牡的圈套：從人與神關係的討論，進入人與人關係的討論。

阿格曼儂	贏得這場爭辯，對你真的這麼重要嗎？
柯萊特牡	你如果自願聽從，勝利仍然非你莫屬。
阿格曼儂	好吧，既然你喜歡這樣。快來人脫掉

我的靴子，它們一直侍候我的雙腳。　　　　　　945
我走過這些神明的紫錦時，
希望沒有嫉妒的眼神從遠處打擊我。
踐踏家產，糟蹋用銀子買來的織品，
我的內心深感不安。
這件事就到此為止！　　　　　　　　　　　　950

至於這位嘉賓[68]，好好的把她帶進去吧，
神祇會從遠處善心觀察不濫用權力的人。
畢竟沒有人會自願套上奴隸的軛頭。
她是眾多財富中挑選出來的花朵，
是軍隊給我的禮物，所以隨我回來。　　　　　955
至於在這件事情上，我既然尊重你，
就踏上紫錦，進入宮廷的廳堂吧。

68　嘉賓即卡遜妲（Cassandra）。她以前是特洛伊的公主，現為阿格曼儂
　　的戰利品。希臘軍隊慣例，將攻佔城池中的貴婦及美女分配給他們的
　　將領。阿格曼儂是統帥，所以得到這位第一美女作為侍妾。她的命運
　　在後面還有更多的展現。

　　　　　　　　　　阿格曼儂踏上掛氈，開始走向宮廷。

柯萊特牡[69]　大海就在那裡，誰將使它乾枯？

　　　　　它養育著取之不盡的牡蠣，

　　　　　它們吐出的紫色染料和白銀同等貴重。　　　　960

　　　　　依靠神明的協助，這些損失可以彌補；

　　　　　我們的家族不知何謂貧窮。

　　　　　當時，為了促成這個人活著回家，

　　　　　如果神諭座前已經刻有規範的話，

　　　　　我發誓必然已經踐踏過許多衣服。　　　　965

　　　　　當樹根存活時，樹葉會在宮庭裡

　　　　　重新成長，蔓延成蔭，抵擋天狼星的炎熱。

　　　　　你的歸來就像寒冬的太陽，

　　　　　或像夏天裡，當宙斯把葡萄醞釀成酒時，

　　　　　如果一家之主留在宮中，　　　　970

　　　　　會給它帶來幾分涼爽。

　　　　　　　　　　阿格曼儂此時進入宮中。

69　958—974行：針對阿格曼儂所說的紫錦昂貴，柯萊特牡回應說，製
　　造它的原料取之不盡，她們王族更不知何謂貧窮。她在本段最後兩
　　句，祈求宙斯幫助完成她的心願，這也可以視為一語雙關，因為在殺
　　死阿格曼儂以後，她聲稱那是她代替宙斯的正義之舉。

宙斯，完成一切的宙斯啊！[70]完成我的心願吧！
在你想要完成的事務中，
盼望你能如願以償。

柯萊特牡出場。

希臘人普遍相信宙斯主宰宇宙一切。這個信仰在劇中一再出現，但
　　是它在整個三部曲中顯然發生微妙的變化，因為在三部曲的最後，
　　是人類的法庭決定一個人行為的合法性和正當性，詳見本書〈中譯導
　　讀〉。

第三合唱歌

正旋

歌隊[71]　這份恐懼為什麼一直　　　　　　　　　　975
　　　　在我敏感的心頭盤旋？
　　　　這首預告性的歌曲，
　　　　既未受召喚，也得不到報酬，

71　975—1034行：柯萊特牡出場以後，歌隊預感災變即將發生，內心充
　　滿畏懼，無法排除。他們看到遠征特洛伊的軍隊歸來，心裡響起的不
　　是歡樂，而是「復仇之神的輓歌」（990—993行）。他們擔心正義的
　　漩渦終會完成目的（995—996行），但祈求它不會完成（1000行）。
　　歌隊接著說明物極必反的道理：即使追求的目的是健康，如果過度的
　　話，也會招致疾病；富人的命運更會遭到意外的打擊（1001—1007
　　行）。既然如此，人應該拋棄盈滿奢華，享受宙斯賞賜的耕種自足的
　　生活（1016—1018行）。歌隊接著又說到人死不能復生的道理，不過
　　由於種種限制，他們不能「傾訴出所有的一切」（1025—1029行），
　　也不能採取任何行動，以致「內心有如火燒」。
　　本段基本上反映公民的心情，以及阿格曼儂被殺前的氣氛。由於歌隊
　　成員本身所知有限，他們往往只能談論原則性的問題，不像下面卡遜
　　妲講的那般具體。但歌隊早就懷疑王后已有外遇，而且知道國王曾經
　　犧牲她心愛的女兒，難免擔心國王的安全，他們在第一次見到他時就
　　提醒他要觀察眾人，提高防範。現在他們斷斷續續提到希臘聯軍的歸
　　來、復仇之神的輓歌、正義的漩渦，以及死亡等等，很可能都是出於
　　同樣的聯想，以致憂心如焚。

卻又是來自何方？[72]

為什麼在我內心的寶座上　　　　　　　980

沒有充分的自信，

以便我能將它摒除，

如同一個難解的夢？

遠去特洛伊的軍隊，

將船纜丟到　　　　　　　　　　　　985

多沙的海岸，[73]

早已是陳年往事了。

反旋

如今我親眼看到它的歸來，

即使自己就是見證，

但是我的心靈仍然無師自通的[74]　　　990

吟唱著復仇之神的輓歌，

72　古代希臘的行吟詩人（rhapsodes）受貴族的召喚到他們的大廳吟唱故
　　事，娛樂賓主，然後獲得賞賜，其中的佼佼者是荷馬。此處歌隊自比
　　為未受召喚、沒有報酬的行吟詩人，首先回顧了十年前希臘聯軍出征
　　時的情形，接著展望未來可能的狀況，心中充滿恐懼，卻又無能為
　　力，以致心急如焚。在文字上，他將「恐懼」、「樂觀」及「正義」
　　等等抽象觀念都擬人化，倍顯生動。

73　此處原文不清楚，可能指船纜丟到岸上繫住，以便固定船隻。

74　行吟詩人每每自稱他的藝術來自靈感（inspiration）而非傳授。

它沒有弦琴伴奏，[75]
也完全缺乏來自希望的自信。
在鄰近我內心的地方，
正義的漩渦在不停迴旋，　　　　　　　　　　995
顯示它終會完成目的。
我的心田不會無的放矢，
但我祈求這些東西
從我的預感中傾倒，
跌到未能完成的領域。　　　　　　　　　　1000

反旋

人們無盡止追求的健康，
很快就會到達極限；疾病、
它隔壁的鄰居，會緊迫追趕。
同樣的，富人的命運　　　　　　　　　　1005
在直線的航行中，
也會碰上暗礁。
他這時如果審慎處理，
捨棄部分資產，

75　在古代希臘，喪葬哀傷的伴奏樂器通常是笛子（flute）。弦琴（lyre）
　　伴奏的是比較快樂歡欣的場合。

他的豪宅就不會全部倒塌，   1010
就像船隻遇險時，
如果利用起重機械
丟棄過多的東西，
它就不會沉淪，
也不會受到損傷。   1015
宙斯的禮物是殷實的：
年復一年耕地的收穫，
摧毀了瘟疫般的饑饉。

反旋

死亡黑色的鮮血，一旦
流到死者身前的地面，   1020
有誰能用符咒收回？
從前有個人知道如何
讓死人復活，但是
遭到宙斯嚴厲的制止。[76]
假如由神祇預定的命運，   1025
不阻止另一個命運

---

76   此人艾斯克勒庇斯（Asclepius）是阿波羅和一個常人的兒子，曾經救活死人而被宙斯用雷電打死。

獲得更多的份量，

那麼我的內心將超越舌頭，

傾訴出所有的一切；[77]

但是現實如此，　　　　　　　　　　1030

它只能暗中呢喃。

我滿懷悲情，沒有希望

及時完成任何目的，

內心有如火燒。

77　這句話有兩重意義：一、神祇為人類預定的命運，可以分為很多步
　　驟，必須按照次序出現。假如有一個步驟份量較重、可以超前的話，
　　我就會說出一切。二、按照常理，控制語言的器官是舌頭，但是如果
　　感情激烈，內心衝破限制，也可以說出一切。另有學者認為本句的意
　　義是，假如阿格曼儂的份量，沒有比我更多的話，我將說出一切。

第四場

柯萊特牡入場。

柯萊特牡[78]　你也進去吧，我指的是你，卡遜妲！　　　　1035
　　　　　掌管財富的宙斯[79]，既然寬容你
　　　　　和我們家中其他的奴隸，一同
　　　　　站在祂的祭壇附近，分享祭典的淨水，
　　　　　那你就從車上下來吧，不要驕傲。
　　　　　人們說，連阿爾克米[80]的兒子也一度遭到　　1040
　　　　　售賣，
　　　　　……

78　1035—1071 行：卡遜妲自從隨阿格曼儂入場後（782行），一直坐在
　　他的馬車上。此時柯萊特牡入場，要立即把她帶進宮去參加祭典，因
　　為祭神的「羊」已在祭壇等候。具有先知能力的卡遜妲知道「羊」指
　　的是將被犧牲的阿格曼儂，所以反應激烈，但沒有答話。歌隊加入勸
　　導時，她仍然保持緘默，這些父老認為她像是一頭剛被捕獲的野獸，
　　還不知道如何配戴她的軛頭，對她表示同情。

79　宙斯也掌管財富，參見61 行注釋。

80　阿爾克米（Alcmene），希臘最偉大的英雄赫拉克勒斯（Heracles）的
　　母親。下面原文脫落一行。

這種命運降落到一個人身上時，

如果他的主人們一向富有，他應當感到高興，

因為那些獲得橫財的新富，

對奴隸會嚴厲要求，事事殘酷。　　　　　　1045

我已經對你說明了我們的習俗。

歌隊

　　　　　　　　　　　　　　　　　對卡遜妲。

她剛才是在對你講話，講得很清楚，

你既然落入命運的羅網，就應該聽從她，

但你或許並不情願。

柯萊特牡　除非她像隻嘰嘰喳喳的燕子，　　　　　1050

只會講我們聽不懂的野蠻話，

否則她會按照我所說的行動。

歌隊

　　　　　　　　　　　　　　　　　對卡遜妲。

跟她去吧；她的命令是你目前的最佳選擇。

服從吧！離開你車上的座位。

柯萊特牡　我沒有時間再在此處逗留；　　　　　1055

預備獻祭給家族之神的羊群，

已經矗立在大廳正中的祭壇；

我們從來未敢奢望這份喜悅。

你如果有意服從就不要遲延；

　　　　　　　你如果由於愚昧而不懂我的意思，[81]　　　1060
　　　　　　　可以用你蠻夷人的手勢代為回答。

歌隊　　　　這位陌生人似乎需要一個清楚的翻譯，
　　　　　　　她的行為像是一頭剛被捕獲的野獸。

柯萊特牡　　她瘋了，只聽從惡念的驅使。
　　　　　　　她離開一個剛被征服的城市，　　　　　1065
　　　　　　　在耗盡血腥的口沫以前，
　　　　　　　還不知道如何配戴她的勒頭。
　　　　　　　我不想再浪費唇舌，徒招侮辱。

　　　　　　　　　　　　　　　　　　柯萊特牡離開。

歌隊　　　　我同情你，不會對你生氣。
　　　　　　　可憐的人，來吧，離開馬車，　　　　　1070
　　　　　　　向必然屈服，戴上新的軛頭。

81　原文直譯為「我的話不能滲入你的內心」。柯萊特牡講的是希臘文，
　　她以為對方聽不懂，但她仍然試圖溝通。這種情形並不荒謬：我們對
　　外國人講中文，對方可能不懂，但我們仍然照講，並且做出肢體動
　　作，希望對方能夠了解。

卡遜妲[82]	嗚頭頭嗚頭頭，波波，大！[83]
	阿波羅，阿波羅！
歌隊	你為什麼大聲呼喚先知之神？
	他並不喜歡接近唱哀歌的人。　　　　　　　1075
卡遜妲	嗚頭頭嗚頭頭，波波，大！
	阿波羅，阿波羅！
歌隊	她再度用惡兆的聲音呼叫神祇，
	但祂不適宜在哭泣的場所出現。
卡遜妲	阿波羅，阿波羅！　　　　　　　　　　　1080
	你這位路邊之神[84]、我的毀滅者[85]啊！

82　1072—1201行：這個長段有四個重點：一、卡遜妲抱怨先知之神阿
　　波羅是她第一次的毀滅者，她即將受到第二次的毀滅：「等待我的卻
　　是雙面刃的砍殺。」（1149行）在單行對話中（1202—1213行），她
　　說出她如何從阿波羅獲得先知能力，阿波羅又為何使人不相信她的
　　預言。二、特洛伊的災難來自巴瑞斯的婚姻。三、阿垂阿斯知道妻子
　　與弟弟賽斯特斯發生不倫關係之後，將他的孩子們屠殺肢解，製成烤
　　肉讓他吃掉。這是這個家族的一切毀滅之源，從此以後，一群魔神
　　（daimons）長期盤踞阿垂阿斯的宮廷，導致數代冤冤相報，互相殺
　　戮。四、本段著墨最多的是阿格曼儂的死亡。卡遜妲首先預感宮中正
　　在計劃新的惡行，很難防止，也沒有援助。接著她細述柯萊特牡殺死
　　阿格曼儂的地點、過程、使用的工具，以及她成功後興奮的呼聲。

83　卡遜妲首次開口，只是無意義的聲音，充滿悲憤。

84　卡遜妲可能看到宮殿外面阿波羅的雕像。一般來說，很多人家都在門
　　前放置祂的雕像，似乎在保護出門在街上行走的人。

　　　　　　你第二次又輕易的毀滅了我。[86]

歌隊　　　她似乎要預言自己的痛苦；

　　　　　　神的賜予在奴隸的心中仍然存在。

卡遜妲　　阿波羅，阿波羅！　　　　　　　　　1085

　　　　　　你這位路邊之神，我的毀滅者啊，

　　　　　　你把我帶到了哪裡？這是什麼宮廷？

歌隊　　　是阿垂阿斯的宮廷，如果你不知道的話，

　　　　　　就讓我真實告訴你吧；不要說這是假話。

卡遜妲　　不，不，是憎恨神祇的宮廷，　　　　1090

　　　　　　是熟悉至親互相殺戮的場所……

　　　　　　是地上灑滿人血的屠宰場！

歌隊　　　這位生客像隻嗅覺靈敏的獵犬，

　　　　　　她正依循正確的路徑發現血跡。

卡遜妲

　　　　　　　　　　　　　　指著宮門。

　　　　　　是這裡的證人們說服了我。　　　　　1095

　　　　　　那些哭泣的孩子們遭到屠殺後，

85　「毀滅者」在希臘原文是「apollon」，聽起來像是阿波羅的名字，這
　　裡一語雙關，類似「海倫」及「結婚」（參見681及701行注釋）。這
　　是本劇作者風格的一部分。

86　第一次的毀滅見1202等行。

身體被父親當成烤肉吃掉。

歌隊　　　我們固然聽到過你是先知的名聲，
　　　　　但是我們並未尋找神祇的解釋者。

卡遜妲　　可怕啊，這是什麼陰謀　　　　　　　1100
　　　　　這又是什麼新的痛楚？
　　　　　宮中正在計劃一個惡行，
　　　　　它會令親人難以忍受，很難彌補，
　　　　　但制止它的力量又遙在遠方。

歌隊　　　這些預言我一無所知，其他的　　　　1105
　　　　　我都知道，因為那是全城的話題。[87]

卡遜妲　　啊，壞女人，你真要做完這件事嗎？
　　　　　你為你同床共枕的丈夫沐浴，接著
　　　　　我該如何說出結尾呢？
　　　　　因為它即將成為真相；　　　　　　　1110
　　　　　她伸出一隻手，又一隻手。

歌隊　　　我還是不懂，她的謎語
　　　　　像隱晦的神諭讓我困惑。

卡遜妲　　啊，啊，哎呀，哎呀，我看到的是什麼？
　　　　　它的確像是地獄羅網中的一種，　　　1115

87　指的是孩子被殺死餵父的慘案。

不過，那羅網卻分享著他的床笫和謀殺。[88]

這是一場該受石頭砸死的罪過。[89]

既然這個家庭的魔神們[90]永不饜足，

就讓祂們歡唱凱歌吧[91]！

歌隊　你尖聲在召喚什麼復仇之神來到

這個家庭？你的話使我難過。　　　　　　　　1120

橘黃色[92]的血滴流入我的內心，

就如受到長矛刺倒的人們

會由它陪伴，度過生命的餘暉；

毀滅迅速來臨。

88　在上句，卡遜妲說她看見一張死亡的羅網；在本句，她指出，真正的網是「分享他的床笫」的柯萊特牡。換句話說，卡遜妲從羅網進一步推論到它的使用者。至於本句中的分享「謀殺的罪過」，可能是指柯萊特牡以及她的情夫伊及斯撒斯。

89　在希臘神話和聖經中，對嚴重傷害公眾利益的人，可以由公眾用石頭砸死。

90　在上面，卡遜妲已經說過，阿垂阿斯的宮廷是至親互相殘殺的場所；在這裡，她又預感阿格曼儂即將墜入死亡的羅網。這數代冤冤相報的原因，她認為來自住在宮廷的一群魔神（daimons）。「Daimon」這個希臘字的意義是「精靈」（spirit）或「小神祇」（minor god），它們經常在人間製造不和（discord）或紛爭（strife），也會為冤魂報仇。對於魔神們盤踞宮廷的情形，她在1185─1190行還會提到。

91　「凱歌」原文為「ololugmai」，特指女人在犧牲祭物時的歡呼，參見151及1236行。卡遜妲此時絕望至極，固有此反諷（ironical）之語。

92　希臘人認定橘黃色（yellow）是反映恐懼（fear）的色彩，受重傷的人會有這種感受，面容變色。

卡遜妲	啊，啊，看，看哪！把母牛從公牛拉開！[93]	1125
	她把他罩進長袍，再用那黑角的工具	
	重重打擊，讓他跌進水缸。	
	我現在講的是浴缸旁邊、	
	狡猾謀殺的致命性打擊。	
歌隊	我不自翊善解神諭，	1130
	但是這事有些邪門。	
	不過神諭何曾給人佳訊？	
	神諭師鼓其如簧之舌，	
	透露出複雜的惡兆，	
	讓他們的聽眾擔心害怕。	1135
卡遜妲	哎，哎！我悲慘中的痛苦命運啊！	
	我悲嘆自己的苦命，如今又要增加新頁。	
	你[94]為什麼把不幸的我帶來這裡？	
	除了要我陪死之外，又還有什麼？	
歌隊	一位神祇讓你喪失理智，	1140
	對自己唱出沒有曲調的歌，	

93　大意為不要讓母牛（柯萊特妲）攻擊公牛（阿格曼儂）。

94　「你」可能是阿波羅，也可能是阿格曼儂。依據前文應該指阿波羅，因為是祂把卡遜妲帶到希臘；但依據後文，「你」也可能是指阿格曼儂，因為他不僅把她帶回希臘，她還會和他一起被殺。

就像那隻黃褐色的夜鶯。[95]

牠不停哭泣，悲傷的呼喚著

「艾提斯，艾提斯」，但他

因為父母的罪惡早已夭折。　　　　　　　1145

卡珊姐　　啊，那歌唱夜鶯的結局！

神祇給她塑造了翅膀，

讓她生命愉快，不再痛苦。

可是等待我的卻是雙面刃的砍殺。

歌隊　　你這種由於神祇附身　　　　　　　1150

所發出的哭喊來自何處？

它聲音高亢、尖銳，又寓意模糊，

充滿了無助的痛苦和可懼的事物。

你預告凶訊的邊限，

究竟是從何處開始？[96]　　　　　　　1155

卡珊姐　　啊，巴瑞斯摧毀親人的婚姻！

啊，斯卡曼德洛斯，我故鄉的河流啊！

95　斯瑞斯（Thrace）國的國王特瑞拉斯（Tereus）和他的王后普絡克麗（Procne）生下兒子艾提斯（Itys）。他後來強暴普絡克麗的妹妹菲諾密娜（Philomela），並割斷她的舌頭企圖封口。她仍然設法告知姐姐，殺死了艾提斯。神祇將普絡克麗蛻變為夜鶯，將她的妹妹蛻變為燕子。

96　歌隊在問，她所預告的苦難是從何時、何人開始。原文直譯略為：在你預言的道路上，凶訊的邊界在什麼地點？

我在你的岸旁受到撫養，成長茁壯。

但是科庫托斯河以及

阿克戎河⁹⁷的岸邊，似乎　　　　　　　1160

將是我宣佈預言的所在。

歌隊　　你為什麼說出這樣清楚的話，

連幼童都能明白？聽到你

用淒厲的聲音，訴說你悲慘的命運，

我再度被一種致命的痛苦打擊，　　　　1165

我的心都碎了。

卡遜妲　災難啊，災難！我的城邦

遭到完全的毀滅！城牆前面，

我的父親曾經大量屠宰啃草的

牲口作為奉獻，可是牠們仍然　　　　　1170

不足以挽回城市的厄運！

我的滿腔熱血很快也將灑落地面。

歌隊　　你這些話和前面的一樣。

某位敵對的神祇沉重的

打擊著你，讓你的歌聲　　　　　　　　1175

充滿眼淚，負荷死亡。

97　科庫托斯河（Cocytus）以及阿克戎河（Acheron）都在地獄（the underworld ╱ Hades）。

結局如何非我所能預料。

卡遜妲　　我的預言不須用面紗遮蓋，

　　　　　　像一個出嫁中的少女。

　　　　　　它要像朝陽初起時的　　　　　　　　　1180

　　　　　　晨風，捲起洶湧的波濤，

　　　　　　衝向一個比這個更大的災難。

　　　　　　我不再用謎語對你們宣告了，

　　　　　　你們為我作證吧，看我是否在

　　　　　　嗅著氣味，追尋古老罪行的蹤跡。　　　1185

　　　　　　有個從未離開這個家庭的歌隊，

　　　　　　它的歌聲整齊，但邪惡難聽。

　　　　　　它還藉汲飲人血而膽量倍增。

　　　　　　這群尋歡者由這個家庭飼養，

　　　　　　成為很難驅逐出去的復仇神祇。　　　　1190

　　　　　　祂們在打擊這個家族時吟唱，

　　　　　　唱的是啟動一切毀滅之源[98]的

　　　　　　老歌。祂們輪流唾棄那張

　　　　　　兄弟婚姻的臥床，藉此表達

98　這個家族的「一切毀滅之源」，可以追溯到二十多年以前。那時賽斯
　　特斯和嫂嫂發生不倫關係，他的哥哥阿垂阿斯知道後以最殘忍的方式
　　報仇。

	對踐踏⁹⁹婚姻者強烈的憎恨。 1195
	我是不是像個神射手,講的話正中鵠的?
	或者我在信口開河,像個敲門求乞的假先知?
	發誓作證吧,證實我知道
	這個家族源遠流長的罪惡。
歌隊	一個誓言的保證即使出自真心,
	又能於事何補?令我訝異的倒是,
	你雖然生長海外,講到異邦情形 1200
	卻完全正確,儼然身歷其境。
卡遜妲	先知之神阿波羅給了我這個能力。
歌隊	身為神祇,難道祂受到了欲望的衝擊?
卡遜妲	在從前,謙卑讓我緘默。
歌隊	的確,富裕會讓人羞澀。 1205
卡遜妲	祂像個摔角選手,把恩典大力吹進我的
	體內。¹⁰⁰
歌隊	那麼你們有沒有做出生兒育女的行為?
卡遜妲	我起先同意,可是我後來爽約。
歌隊	那時妳獲得了預言的能力嗎?

99　本三部曲中,褻瀆的行為常出於腳踢、腳踏的行動,如阿格曼儂的腳踏紫氈。

100　宙斯及阿波羅等神祇都有常人所有的情欲。這裡卡遜妲的回憶,很可能是指兩者間具體的體膚接觸,也可能是象徵性的親密關係。

卡遜妲	我已經對市民預告他們的苦難。	1210
歌隊	你又怎樣逃脫阿波羅的憤怒？	
卡遜妲	那次冒犯以後，再也沒有人相信我。	
歌隊	對於我們，你的預告似乎值得相信。	
卡遜妲	哎、哎、哦、哦，好痛苦啊！	

預知中真正可怕的痛苦再度來襲，　　　　　1215
它的殘酷的前奏令我昏眩。

你們看見坐在宮庭周圍的幼童嗎？
他們看起來如夢中幻影，
他們顯然是被親人殺害，[101]
手中滿是自己的肉塊；我看見　　　　　　1220
他們捧出那些可悲的內臟，
供他們的父親拿來吞食。
因為此事，我宣稱，有人陰謀報復。
那隻懦弱的獅子[102]留在這個人的家中，
在他的臥床翻雲覆雨，等待著他的　　　　1225
歸來——

101　卡遜妲和她的觀眾都知道，這些孩子是被他們的親人殺害，不過他們
　　　的死狀是如此淒慘，以致看起來像是敵人所下之毒手。這是本劇作者
　　　「反諷」（irony）的另一個實例。
102　指柯萊特牡的情夫伊及斯撒斯。

他就是我的主人，我為他必須戴上奴隸的
圈套。

那位艦隊司令、特洛伊的毀滅者，
毫不知道那隻令人憎恨的母狗
面帶微笑歡迎他，說出一大串的祈求，
卻把他當成毀滅的對象，將要頻頻重擊。　　1230
這女人膽大妄為，竟然謀殺男人！
這個妖孽，我該用什麼適當的名字稱呼？
雙頭蛇[103]？那個石洞中殘害水手的多頭女妖？
或是那個憤怒的、鼓動親人永遠戰爭的
地獄之母？這個什麼都敢的女人，她的　　1235
呼聲
多麼興奮啊，好像在戰爭中擊潰了敵人！
現在她假裝為了他的安全歸來而興高采烈。
以上一切，即使我沒有說服你們相信，
那也沒有關係，因為真相不會改變。
未來就要來到，你們即將站在這裡，　　1240
憐憫的宣稱我是個名副其實的先知。

103　這種蛇身體首尾各有一個頭，因此攻擊動作更為靈敏快速，令人防不
　　勝防。

歌隊 [104]　　賽斯特斯吃了他孩子們的肉，

　　　　　　這點我已經知道；但你不用意象而

　　　　　　具體的說出，仍然使我恐懼。

　　　　　　其他各點我嗅不出氣味，中途失落。　　　　1245

卡遜妲　　　我說，你立刻會看到阿格曼儂死亡。

歌隊　　　　不幸的人，不要信口說出不吉祥的話！

卡遜妲　　　我說這話時，那位救援者並不在現場。[105]

歌隊　　　　如果真的發生，他的確不在；但願不要發生。

卡遜妲　　　你現在這樣祈求，他們卻在佈置殺人！　　1250

歌隊　　　　執行這個惡劣罪行的是哪一個男人？

104　1242—1294行：由於卡遜妲以公牛等意象代替人名，歌隊不能確
　　　定她的意思，當她明白說出阿格曼儂即將死亡後，反而受到歌隊的
　　　指責。卡遜妲接著預感那隻「和豺狼同眠的雙腳母獅將要殺死我」
　　　（1258行），心情痛苦，開始責難阿波羅是她羞辱與苦難的始作俑
　　　者，並且踐踏她穿戴的先知的權杖與其他服飾，顯示她的憤慨與反
　　　抗。接著她預言神祇們會報復她的死亡，有個人會來為阿格曼儂和她
　　　討回公道。最後，她回顧特洛伊戰爭雙方的悲慘結局，感到不必自怨
　　　自艾，要勇敢面對死亡，只祈求輕易死去。
　　　以上各重點之間的轉折流暢自然，尤其是從阿格曼儂將死，過渡到狼
　　　神阿波羅的中間，不僅如此，而且還兼顧祂的身份與別號，值得珍惜
　　　欣賞，詳該行注釋。

105　「救援者」原文為「Paean」，是阿波羅的另一個名字。「阿波羅」的
　　　名字不宜出現在悲哀的場合（參見1074—1079行），所以用別名代
　　　替。「救援者」既然不在附近，表示阿格曼儂必死無疑。

卡遜妲	你們完全背離了我預言的途徑。
歌隊	因為我不知道他要使用什麼伎倆！
卡遜妲	可是我的希臘文說得是如此清楚。
歌隊	阿波羅的神諭也是，但同樣難解。 1255

卡遜妲　啊，啊，那烈火撲上來了！
　　　　啊，狼神阿波羅[106]！好痛啊！
　　　　那隻在高貴雄獅不在時、和豺狼同眠的
　　　　雙腳母獅將要殺死我，可憐的我啊。
　　　　她好像在準備毒藥，也為我加了一份。　1260
　　　　在為那個人磨刀時，她誇口說他
　　　　因為帶我回來，將付出被殺的代價。

　　　　這隻權杖，以及這頸上預言的帶子，
　　　　我為什麼還保持它們來嘲諷自己？
　　　　我要在死亡前摧毀你們！　　　　　　1265

　　　　　　　　　　　　　　她踩踏它們。

　　　　毀滅吧！讓你們散落塵埃，
　　　　這就是我的回報！離開我，

106　阿波羅的另一個名稱是「Lycean」，聽起來像狼（Lycos），所以也有
　　　人說他是殺狼之神（wolf slayer）。

去毀滅別的女人自肥吧！

看哪，是阿波羅自己脫下了

我先知的服飾。　　　　　　　　　　　1270

在我佩戴它們時，我的朋友

像敵人一樣放肆的嘲笑我，

祂卻只是袖手旁觀。

我像個流浪的落魄者，

被人稱為乞丐、人渣、餓鬼。　　　　1275

現在先知毀滅了我、祂的女先知，

把我丟進這個死亡的厄運。

等待我的不是父親的祭壇，而是一塊木板，

它在我被殺祭獻後，將被我的熱血染紅。

但是神祇們不會不為我的死亡復仇，　　1280

有個人[107]會來為我們討還公道：

一個兒子會殺死母親，補償父親，

他現在遭到放逐，還在異鄉漂泊，

但他會回來為家族的災難封頂，[108]

107　此人為奧瑞斯特斯。

108　封頂是建築物最後建造的部分，加上之後該棟建物即告完成。奧瑞斯特斯弒母為父報仇的舉動，將結束他家族的數代殺戮，猶如封頂。

因為神祇們已經發出重誓，讓那個　　　　　　1285
打倒他父親的一擊將他帶回家園。

我何苦要自怨自艾呢？
我已經看到特洛伊遭遇到的遭遇，以及
那些破城者在神祇判決中所得到的下場。
我要走了，這些大門通往的處所猶如地獄，1290

我進入後要勇敢的承受死亡。
我祈求一次致命的打擊
就能讓我的血液奔流而出，
使得我闔上雙眼，輕易死去。

歌隊[109]　　多麼可憐又聰穎的女人啊！　　　　　　　1295
你的話很長。但你如果真的知道
自己像頭牛隻，正被神祇驅向祭壇，
你又為什麼毫無畏懼？

109　1295—1330 行：卡珊妲開始走向宮門，歌隊對她同情讚美，給予慰
　　藉。她走近宮門後又突然折返，因為她嗅到裡面屠殺流血的氣味，聯
　　想到她遭到殺害的親人。她以祈求歌隊父老為她作證的形式，重申有
　　人會來為她和阿格曼儂報仇索命。最後，她滿富哲理的說道，人間的
　　事務在順遂時不過是夢幻泡影；「在逆境時，沾濕的海綿幾下就能抹
　　掉整個形象。」（1327—1329 行）

卡遜妲	朋友們，再沒有時間可以逃避了。	
歌隊	但是人們最珍惜的就是生命最後時光。	1300
卡遜妲	這天已經來到，逃遁對我毫無好處。	
歌隊	容我告訴你，你的堅韌來自勇氣。	
卡遜妲	幸運的人不會聽到這種稱讚。	
歌隊	對於常人，光榮的死亡是種慰藉。	
卡遜妲	啊，啊！父親，還有你高貴的孩子們啊！	1305

卡遜妲走向宮門，又折返。

歌隊	什麼事情？什麼恐懼讓你轉回？	
卡遜妲	啊，啊！	
歌隊	你這樣呼喚，莫非心中感到厭惡？	
卡遜妲	這個宮廷散發著屠殺的血腥氣味！	
歌隊	怎麼會？那是大廳中犧牲品的氣味。	1310
卡遜妲	衝我而來的氣味很像來自墳墓。	
歌隊	那是芬芳四溢的敘利亞熏香。[110]	
卡遜妲	我要進去了，在裡面再去悲嘆 我和阿格曼儂的命運。活夠了！	

---

110 「那是」有學者認為應該是「那不是」，結果導致很多解讀，歸納可以
　　分為兩種：一、「那是」敘利亞熏香。歌隊藉此否定卡遜妲，至於她說
　　她嗅到宮廷中有「屠殺流血」的氣味，那最多只是她作為先知的預言，
　　不是實際狀況。二、「那不是」敘利亞的熏香。歌隊藉此表示讓步，承
　　認宮中傳出來的氣味的確不好，沒有敘利亞熏香散發出來的芬芳。

啊，朋友們！我嘶喊不是　　　　　　　　　　1315
因為懼怕，像隻藏身灌木的小鳥，[111]
而是祈求你們在我死後作證：
一個女人會為我這個女人償命，
一個男人會為另一個有惡妻的男人喪生。
東道主啊，這是我臨終前的請求。　　　　　　1320

歌隊　　　不幸的人，我為你預告的結局可憐你。

卡遜妲　　我希望能再說幾句話，也可說是
自己吟唱自己的輓歌。
在我生命的晚霞裡，我祈求
我主人的復仇者也能為我復仇，　　　　　　　1325
即使我只是個奴隸，輕易覆滅。
人間的事務啊！它們在順遂時
不過幻影；在逆境時，沾濕的
海綿幾下就能抹掉整個形象。
這種情形比前一種更令我感到悲慟。　　　　　1330

　　　　　　　　　　　卡遜妲進入宮廷裡面。

111　古代有人在灌木中安放羅網捕捉小鳥，小鳥因此懼怕灌木，類如「驚
　　弓之鳥」。卡遜妲即將進入柯萊特牡佈置的羅網，但她毫無畏懼，故
　　出此言。

歌隊[112] 　　沒有常人會對成功

　　　　　　感到滿足，千手所指的豪宅

　　　　　　也不會對它關門，並且說道：

　　　　　　「不要再進來！」

　　　　　　這個人獲得眾神的允許，　　　　　　　　　1335

　　　　　　攻佔了普瑞姆的城市，

　　　　　　並且帶著神佑的光榮回家。

　　　　　　如果連他都必須償還先人的

　　　　　　血債，自己又因此喪身，而且

　　　　　　導致別人遭到死亡的懲罰，　　　　　　　　1340

　　　　　　那麼常人之中，有誰能夠誇口

　　　　　　說他生來好命，不會受到傷害？

112　1331—1371行：歌隊回應卡遜妲的預言，認為光榮回家的阿格曼
　　　儂，如果必須為償還他祖先的血債身亡，而他的殺害者又受到嚴懲，
　　　那麼將無人能夠誇口好命（1341行）。說話間，這些父老聽到宮廷傳
　　　來阿格曼儂受到致命重擊的呼喚，開始商量拯救他的計劃，結果眾議
　　　紛紜，充分曝露民主政治的低能無效與滑稽可笑。

第五場

宮廷內。

阿格曼儂	啊呀，我受到重擊，深得致命！	
歌隊隊長	安靜！誰在喊叫重擊、致命？	
阿格曼儂	喔！又來了，我第二次受到打擊！	1345
歌隊隊長	從國王的痛苦呼喊，我想事情已經完畢。	
	讓我們共同商量，希望找出一個安全計畫。	
歌隊1	讓我說出我個人的意見，我們應當	
	發出急訊，召集公民到宮廷來效力。	
歌隊2	但是我想我們最好立刻就衝進去，	1350
	趁刀刃還在滴血時取得犯罪的證據。	
歌隊3	我贊成這個建議，支持	
	立即行動；沒有時間耽擱。	
歌隊4	非常清楚：他們首先這樣行動，	
	接著就要在城邦建立極權統治。	1355
歌隊5	不錯，我們蹉跎，他們卻踐踏著	
	審慎的名譽，雙手敏捷的行動。	

歌隊6	我不知道我能想出和提出什麼計劃，	
	但採取行動的人，必須事先籌謀。	
歌隊7	我同意這個意見。因為我不知道	1360
	如何用言語讓死者再度復活。	
歌隊8	難道我們要苟延殘喘，任由	
	那些宮廷的玷污者成為領袖？	
歌隊9	那絕對不能忍受；還不如死去；	
	死亡的命運總比獨裁統治好受。	1365
歌隊10	難道我們從他痛苦的呼喊中，	
	就推斷他真的已經死亡？	
歌隊11	我們在討論前必須知道實情，	
	因為猜測和確知大不相同。	
歌隊12	我贊成這個意見，那就是我們	1370
	要確知阿垂阿斯的兒子究竟如何。	

宮門大開，柯萊特牡入場，滿身血跡。宮中
人員用小輪車推出阿格曼儂和卡遜妲的屍體。

柯萊特牡[113]　以前我講了很多應付場面的話，現在

113　1372—1576行：本段是本劇的一個重要關鍵。在此以前，所有劇中
　　人物一致相信宙斯是正義的最高主宰，邪惡的人遲早都會受到祂的懲
　　罰，所謂天網恢恢，疏而不漏。在本段中，柯萊特牡對這個信仰提出
　　挑戰，徹底動搖了傳統。本段開始時，柯萊特牡滿身血跡入場，宮中
　　人員用小輪車推出阿格曼儂和卡遜妲的屍體。柯萊特牡坦承，她為了

（續）————————————————————

摧毀「像是朋友的敵人」，曾經說了很多掩飾性的假話，現在她毫不
隱諱的說出她殺死阿格曼儂的方式、過程和興奮的心情。代表公民的
歌隊父老於是和她發生激烈爭辯，重點如下：

一、柯萊特牡一直指責阿格曼儂是一切災難的罪魁禍首。她控訴阿
格曼儂殺死他們的女兒伊菲吉妮亞是陰險的罪行，又聲稱他是
妻子的虐待者，泛愛特洛伊所有的美女（all the Chryeseis），
還帶回「公眾妓女的先知」（1438—1442行）。在前面，她已
經從特洛伊的毀滅中，奠定了阿格曼儂死有餘辜的基礎；她引
誘他踐踏紫氈，更凸顯出他的褻瀆。

二、柯萊特牡一而再、再而三主張，她誅殺阿格曼儂是正義的，甚至
是超越正義的！她有時說她的作為只是為神祇代勞，懲罰罪惡：
「我的右手像是正義的使者，讓他成為屍體。」（1405—1406
行），她有時自命是「復仇」的使者，化身為阿格曼儂的配偶，
索取他身為父親卻殺害孩子的舊債。

三、至於阿垂阿斯王族成員彼此殺戮的原因，論辯雙方都認為是來
自宮殿的魔神，不過歌隊只能感嘆「唉……宙斯，是一切的根
源，萬事的推手。」（1485—1486行）柯萊特牡則說願意和他們
訂立契約，若是他們離開宮殿，她可以捐棄她大部分所有。

四、在本段中柯萊特牡始終有恃無恐，態度堅定傲慢。一則她自信
她毫無罪怨，正義在她這邊，再則她有情夫伊及斯撒斯的武力
作為後盾。她面對歌隊的威脅說道：「我已經準備和你們平等作
戰。」（1422—1423行）。

五、在本段中，歌隊的處境和心情每況愈下。開始時他們看到敬愛
的國王躺在羅網裡面，悲憤中指責、詛咒柯萊特牡，認定她會
受到天道懲罰，又要將她驅離城邦。可是經過柯萊特牡的抗辯，
歌隊始則為國王哭泣，希望自己平安死亡，繼而承認「失去了
多謀善算的思考力，不知道該轉向何方」（1531—1532行）。只
希望他看到在國王在浴缸躺下之前，「大地就已經把我接納！」
（1537—1540行）。最後，他為了阿格曼儂的埋葬和柯萊特牡商
量，她不僅一口拒絕，還譏笑說伊菲吉妮亞會在地獄迎接他、擁

我要說相反的話，但我毫不感到慚愧，

如果不這樣，我如何能對像是朋友的敵人

做出敵對的行動？又如何能夠架高　　　　　1375

痛苦的羅網，讓獵物無法跳脫出來？

這場鬥爭來自以前的爭執，[114]

它長久盤踞我心，最後時機來到，

我站在攻擊點完成了任務。

我不否認，我行動的方式是　　　　　　　　1380

既不讓他逃脫，又不讓他存活。

我用一件寬大的外氅[115]將他罩住

它像一張魚網，使他不能逃漏。

我打擊他兩次，他大喊了兩聲

（續）──────

抱他、吻他。一籌莫展中，歌隊說道：「搶人者被搶，殺人者償命。只要宙斯坐在祂的寶座上，行動的人就會受到苦難。這是祂的律法。」（1562──1564行）。

總之，本段中論辯雙方都自認是正義的維護者和神祇（包括宙斯）的發言人，但是他們之上沒有更高的裁決權威，最後只好訴諸武力。雅典城邦當時實行民主政治，很多黨派和野心政客，為了公益或者私利，普遍自行其是，強烈批判對方，城邦瀕臨內戰邊緣，詳前〈中譯導讀〉。

114　指的是阿格曼儂專斷的犧牲了他和柯萊特牡的女兒，參見1415──1418行。

115　「外氅」並未特別顯示它的式樣。全句強調的只有兩點：一、它像一張網（漁網或獸網），非常寬廣，幾乎「沒有邊際」。二、它的功能是讓被網住的對象不能逃漏。

就雙腿癱瘓；在他倒下之後， 　　　　　　1385

我加上第三擊作為謝禮，奉獻給

地下的宙斯，那位屍體的保護者。[116]

他倒地後迅即斷氣，同時

急促的噴出一股鮮血，用它

黑色的血露陣雨般打擊我。 　　　　　　　1390

我興高采烈，就像小麥接受宙斯

賜予的甘露、開始發芽一樣。[117]

情形就是這樣，阿戈斯受尊敬的父老們，

你們願意的話就歡樂吧，我感到自豪！

在這個屍體上，如果要倒上合適的奠液， 　1395

現在的這種是正義的，甚至是超越正義的！

因為他在家庭的罈中注入了太多的

該遭詛咒的邪惡，現在他回來一飲而盡！

歌隊 　　你的狂言妄語真讓我們驚訝，

妳竟然對你的亡夫如此講話。 　　　　　1400

---

116 希臘在凱旋的祭禮中，慣例將第三盅酒奉獻給宙斯，表示感謝。不
　　過，柯萊特牡此時奉獻的第三次打擊，奉獻的對像是「地下的宙斯」
　　（the Zeus under the earth），意即地下的主宰。她顯然在模仿社會正常
　　的宗教形式，慶祝自己反常的殺夫行為。她的話中諧擬（parody）及
　　反諷（irony）兼具，褻瀆臻於極至。

117 本句中融合了兩種相互排斥的意象：殺人後噴出的血液，以及開始發
　　芽的小麥。在希臘悲劇中，罕有詩行具有如此強大的力量。

柯萊特牡	你們把我當作愚蠢的女人，要試探我，
	是我要大膽告訴知道實情的人，
	毫不在意你們究竟會稱讚我還是譴責我。
	這裡是阿格曼儂、我的丈夫，
	我的右手像是正義的使者　　　　　　　1405
	讓他成為屍體。情形就是這樣。
歌隊	女人，你嚐過大地滋生的什麼毒物，
	或是喝過激盪大海中的什麼東西，
	以致犯下這次廣遭詛咒的謀殺？[118]
	你拋棄了大眾，斷絕了和他們的關係；　1410
	作為市民痛恨的對象，你必須離開這個
	城市。
柯萊特牡	現在你們裁判要把我逐出城市，
	並且宣佈市民對我的憎恨和詛咒，
	可是那時你們從未反對過這個人。
	為了平息斯瑞斯的颶風，他犧牲了自己的　1415
	孩子，那個我最鍾愛的、陣痛所生的女兒，
	好像她只是毛茸茸的羊群中，
	一隻沒有特別價值的牲畜。
	為了懲罰這個穢行，你們不應該把他

118　歌隊認為柯萊特牡語言狂妄，必是毒性飲食的結果，所以有此臆斷。

	驅離這個國土嗎？但是當你們看到	1420
	我的行為時，你們卻是嚴厲的法官。	
	說出你們的威脅吧！但是我告訴你們，	
	我準備和你們作戰。如果你們公平的制伏了我，	
	就統治吧；如果神祇做出相反的決定，	
	你們雖然年邁，也將會在教導下學會審慎。	1425
歌隊	你計謀大膽，語言傲慢，就像你的內心，	
	因為你的血腥行為而瘋狂，	
	那血斑在你眼中清晰可見。[119]	
	你定會喪失所有的朋友，	
	遭遇到一報償還一報的終局。	1430
柯萊特牡	你們也要聽聽我誓言的莊重力量！	
	憑藉為我為孩子所完成的「正義」，[120]	
	以及助我殺死此人的「毀滅」和「復仇」，	

---

119 希臘人相信眼中帶有血斑是陷入瘋狂的徵象。柯萊特牡當然並未瘋狂，但她的眼睛四周可能濺上血跡。

120 在這幾行中，柯萊特牡發誓說她不會恐懼，原因是她殺死阿格曼儂的行為既是正義的，又獲得神助（擬人化的「毀滅」和「復仇」），而且已經完成。她的安全感需要一個條件：伊及斯撒斯「點燃我祭壇的火光」。此人為了為父報仇，處心積慮，多年來是她的情夫，歌隊略有所聞，在劇首已有暗示。現在她在輕描淡寫中帶進此人，並且賦予他冠冕堂皇的宗教任務（點燃我祭壇的火光），可謂充滿心機，因為他的工作意味他既受到信任，又可登堂入室。

我發誓：只要伊及斯撒斯點燃我祭壇的火光，
恐懼就不會在它的大廳高視闊步，　　　　　　1435
因為他過去對我一直忠心耿耿，
他為我提供了充滿自信的盔甲。

這個躺著的是他的妻子、我的虐待者，
也是特洛伊城下所有美女[121]的情人！
這裡的這個女人是他的囚徒和同眠人，　　　　1440
她分享他的床鋪，是他信任的預言家，
可也是水手們長凳上的公眾妓女！
他們兩人並沒有失去應得的榮譽，
因為他像我描寫的那樣躺著，她則
像天鵝般唱完她悲哀的輓歌以後，　　　　　　1445
作為他的情人躺在他的身旁。他為床第
所帶來的這份副餐，大大增加了我的愉快[122]。

121　所有美女（all the Chryeseis），原文中的「Chryeseis」是特洛伊一個
　　　祭師的女兒，被送給希臘勇將作為侍妾，阿格曼儂見她貌美，恃勢強
　　　迫轉讓，引起聯軍長期分裂。詳見《伊利亞德》第一卷。柯萊特牡將
　　　她一人誇張為「所有美女」，意在加強對阿格曼儂的指責。

122　此句極為費解，詮釋歧義甚多，基本上約有三類：一、認為原文過度
　　　訛誤，不予採用。二、柯萊特牡因為受到卡遜妲「副餐」的刺激，對
　　　床第之樂倍感興趣。三、柯萊特牡憎恨這種「副餐」，在殺死兩人時
　　　感到特別「愉悅」。

正旋一

歌隊　　　啊，但願那種命運快速來臨，
　　　　　它既沒有痛苦，也不需久臥病榻，
　　　　　但會帶給我們無盡的安眠。　　　　　　　　1450
　　　　　那位最仁慈的保護者被殺死了！
　　　　　他為了一個女人飽受痛苦，
　　　　　又在一個女人手中喪失了生命。

　　　　　唉，唉，瘋癲的海倫[123]，
　　　　　你隻身就在特洛伊毀滅了　　　　　　　　　1455
　　　　　眾多的、那麼眾多的生命！
　　　　　現在你透過沒有洗淨的血痕，
　　　　　又戴上了最後的美麗的花冠。
　　　　　真的，這個宮殿那時候[124]

123　歌隊基於特洛伊的戰爭和死亡，在前面就認為海倫是毀滅者（參見
　　　681—698行），現在「錦上添花」，她又導致阿格曼儂和卡遜妲的慘
　　　遭殺害。在上節，歌隊哀悼阿格曼儂，說他是「最仁慈的保護者」，
　　　最後說道：「他為了一個女人受了很多痛苦，又在一個女人手中喪失
　　　了生命。」顯然的，本段是上段的自然延伸。

124　「那時」，指海倫住在阿戈斯宮廷之時，是在那時她和巴瑞斯私奔，
　　　造成一連串悲慘的後果。但是僅因私奔就指責「海倫是毀滅者」，未
　　　免牽強過分，歌隊於是增加了那時宮中「的確有個魔神」。

　　　　　　有個力量強大的魔神　　　　　　　　1460
　　　　　　使得丈夫感到悲傷。

柯萊特牡　　不要因為這個事件感到
　　　　　　沮喪，祈求死亡！
　　　　　　也不要將憤怒指向海倫，[125]
　　　　　　稱呼她是殺人的兇手，　　　　　　1465
　　　　　　隻身就奪走了很多希臘人的
　　　　　　生命，令人無限悲哀！

反旋一

歌隊　　　魔神！你降臨在這個宮殿，
　　　　　　以及譚塔勒斯[126]的兩個兒子身上，
　　　　　　透過兩個女人[127]，展開一種　　　　1470
　　　　　　令我傷心的惡性操控。
　　　　　　你像隻惡毒的烏鴉，

125　在本句中，柯萊特牡表面上在維護海倫，其實在保護自己，因為她一
　　　直指責阿格曼儂才是一切災難的罪魁禍首。
126　譚塔羅斯為阿垂阿斯的祖父，參見導讀之阿垂阿斯家族族譜。因為傳
　　　說很多，世代關係有歧義。這裡「兩個兒子」指的是阿格曼儂和他的
　　　弟弟門那勞斯。
127　指柯萊特牡和海倫。她們都有外遇，魔神就透過她們，惡性操控她們
　　　的丈夫，讓他們受苦受難。

站立在屍體上，用淩亂的調子，

得意的唱出邪惡的歌曲。

柯萊特牡　你現在呼叫這個魔神，　　　　　　　1475

算是糾正了你前面的意見，

因為祂曾三度[128]啃噬這個家族！

祂心中充滿了舔血的欲望，

以致舊的創傷尚未痊癒，

新的膿血就已經流出。　　　　　　　　1480

正旋二

歌隊　你呼叫的魔神力量強大，

又對這個家族極端憤怒，

唉，由於祂對厄運貪得無饜，

祂的故事充滿了辛酸。

唉，這一切都出於宙斯的旨意，　　　　1485

宙斯，一切的根源，萬事的推手，

沒有祂，常人的事物哪樣能夠完成？

---

128 「三度」可能意味多次或再三，也可能是更為具體的三次：一、被阿
垂阿斯殺死的賽斯特斯的兒子們。二、阿格曼儂。三、伊及斯撒斯
（參見《祭奠者》）。

這些事物，又有哪樣不是神祇的決定？

　　　　　我的國王啊，國王！
　　　　　我該如何為你哭泣？　　　　　　　　1490
　　　　　我愛你之心又能有什麼訴說？
　　　　　唉，你在一個猥褻的死亡中斷氣，
　　　　　墜落到這個蜘蛛網裡。
　　　　　那隻手使用了雙面武器，
　　　　　使你在奸詐的死亡中倒下，　　　　　1495
　　　　　躺在這個可恥的床榻上面。

柯萊特牡　　你斷言這件事是我所做，
　　　　　但是不要把我視為
　　　　　阿格曼儂的配偶！
　　　　　那個古老又嚴酷的復仇者，　　　　　1500
　　　　　為了報復阿垂阿斯、
　　　　　那殘忍的設宴人，
　　　　　化身為這個死人的妻子，
　　　　　為孩子們犧牲了成年人。[129]

129　「犧牲」是種神聖尊嚴的宗教活動，這裡柯萊特牡認為阿格曼儂是犧
　　　牲品，藉以償還他父親殺害孩子們的殘忍。

反旋二

| 歌隊 | 你在這個謀殺中沒有罪惡？ | 1505 |

歌隊　你在這個謀殺中沒有罪惡？　　　　1505
　　　誰會作證？它、它怎麼可能如此？
　　　不過向他父親尋求報仇的
　　　魔神，卻可能曾是你的助手。
　　　在親人血液的溪流中，
　　　黑色的戰神奮力前游，　　　　　　1510
　　　為了替那些凝成血塊、
　　　被吞食的孩子們尋求補償。

歌隊　我的國王啊，國王！
　　　我該如何為你哭泣？
　　　我愛你之心又能有什麼訴說？　　　1515
　　　唉，你在一個猥褻的死亡中嚥氣，
　　　墜落到這個蜘蛛網裡。
　　　那隻手使用了雙面武器，
　　　使你在奸詐的死亡中倒下，
　　　躺在這個可恥的床榻上面。　　　　1520

柯萊特牡　我認為這個人死得並不可恥。

……

　　　難道他對這個家庭，沒有
　　　造成過陰險的毀滅嗎？

我為他所生的孩子、　　　　　　　　　　1525
伊菲吉妮亞，悲哀啊！[130]
他既肆意摧殘，那他受罰也就罪有應得！
現在他用死亡償還了他所開始的，
讓他在地獄中不要大聲誇口。

正旋三

歌隊　在這個家族沉淪的此刻，　　　　　　　1530
　　　　我失去了多謀善算的思考力，
　　　　不知道該轉向何方。
　　　　我擔心宮殿在暴雨的打擊下倒塌，
　　　　那帶血的暴雨；小雨現在停止了。
　　　　但是為了進行另一場打擊，命運之手　　1535
　　　　在別的砥石上已將正義之劍磨得鋒利。

　　　　大地啊，大地，我多麼希望
　　　　在我看到他在銀色邊沿的
　　　　浴缸躺下之前，
　　　　你就已經把我收納！　　　　　　　　　1540
　　　　誰來埋葬他？誰會哀悼他？

130　本行前後原文甚多殘缺。

　　　　　　你在弒夫以後，

　　　　　　敢不敢再在他的靈前

　　　　　　虛情假意的做作一番，表示

　　　　　　對他的豐功偉績的感謝？[131]　　　　　　1545

　　　　　　在這位天神般的

　　　　　　偉人墓前，

　　　　　　有誰會真心誠意，

　　　　　　淚流滿面的

　　　　　　對他發出讚美？　　　　　　　　　　　1550

柯萊特牡　　這件事與你們無關。

　　　　　　他在我手中倒下、在我手中死亡，

　　　　　　也會在我手中埋葬，

　　　　　　不必有家人的哭泣伴隨。

　　　　　　不過他的女兒　　　　　　　　　　　1555

　　　　　　伊菲吉妮亞，會恰當的

131　從阿格曼儂的屍體，歌隊現在又想到他的埋葬。希臘傳統宗教相信，
　　　如果死者的親人不給他適當的喪禮和哀悼的話，他的靈魂將受到嚴重
　　　的傷害。阿格曼儂現在的第一近親是謀殺他的妻子，歌隊想到她，又
　　　不能奢望她有適當的作為。事實上，三部曲的第二部《祭奠者》顯
　　　示，阿格曼儂並沒有獲得適當的安葬：他的兒子尚在國外，他的女
　　　兒被囚禁宮內（參見該劇429、444等行），他的子民更被立即拒絕參
　　　與。

在湍急的悲哀之河[132]

迎接父親,

並且擁抱他,親吻他。

反旋三

歌隊	嘲弄現在遭遇到嘲諷,	1560

這件事的判斷非常困難;

搶人者被搶,殺人者償命。

只要宙斯坐在祂的寶座上,

行動的人就會受到苦難。這是他的律法。[133]

誰能從這個宮殿除去詛咒的根苗? 1565

這個家族和毀滅密切捆綁在一起。

柯萊特牡　你們說到了神諭的真諦。

就我而言,我願意和這個家族的

魔神[134]訂立一個契約;

132　悲哀之河指地獄中的阿克戎河(參見1160行注釋)。柯萊特牡在嫌棄
　　歌隊「多管閒事」之後,斷然拒絕給阿格曼儂「家人的哭泣」,這裡
　　更極盡諷刺之能事。

133　從本劇開始,歌隊始終信奉宙斯是正義的主宰;信使的報告中也說
　　過,主管正義的宙斯,如何徹底毀滅了巴瑞斯和他的城邦。

134　原文為「Pleisthenes」,即普羅斯滕尼斯,是阿垂阿斯家族的一員。
　　他的身份隨族譜版本的不同而有所變化,但在此處的主要作用在代表
　　歷代相殘的阿垂阿斯家族。

即使困難重重，我發誓願意忍受。　　　1570
祂在未來離開這個家庭，
讓別的家庭經由親人之間的
互相殺戮而逐漸凋零。
只要我能從我們的宮殿中，
排除彼此殺戮的瘋狂，　　　　　　　1575
即使我的擁有相當微少，[135]
我仍然會感到心滿意足。

---

[135] 柯萊特牡說出了她構想中的契約後，這裡提出了她願意付出的代價。
她雖然沒有向特定的神祇訴求，但她此刻展現出了「許願和還願」的
心態。

退場

　　　　　伊及斯撒斯入場，衛兵跟隨。

伊及斯撒斯[136]帶來正義的仁慈陽光啊！

　　看到此人躺在復仇之神編織的袍服中，

　　為他父親策劃的行為付出代價，　　　　　1580

　　我好高興啊！我終於可以宣稱，

　　天上確有神祇俯視大地的疾苦。

　　阿垂阿斯，這個土地的統治者和這個人

　　的父親，

　　因為權力受到挑戰，放逐了我的父親

　　賽斯特斯

136　1578—1611行：伊及斯撒斯率領衛士入場，目的在強調自己復仇的
　　正當性。他特意描寫他哥哥們當年被肢解的細節，以及他父親當時的
　　憤怒和詛咒。這種冷血的、煽動式的演說，與卡遜妲充滿激情、自憐
　　式的泣訴形成強烈的對比。此外，他父親遭到哥哥報復，是因為他與
　　嫂嫂有染，這件眾所周知的往事，他不僅絕口不提，反而捏造成權力
　　鬥爭，可謂自欺欺人，因此遭到歌隊的強烈反擊。

——清楚的說，也就是他的弟弟—— 　　　1585
使他遠離這個城市和家庭。
後來，賽斯特斯以懇求者的身份
來到那個人的大廳，不幸的他似乎安全，
他的鮮血沒有污染祖先的泥土。[137]
阿垂阿斯、這個人不虔誠的父親， 　　　1590
假裝興高采烈的舉行犧牲的盛宴，
可是他給我父親提供的佳餚，
其實是他孩子們的骨肉！
他把手掌和手指放在一邊，[138]
將其他的部分切碎⋯⋯兩人各自分坐 　　　1595
一邊。
他拿起不能辨識的一塊立刻吃下，
如你所知，這個餐局毀滅了他家庭。

137　按照希臘宗教信仰及傳統思想，懇求者（suppliants）通常都會受到被
　　　懇求者的寬容。阿垂阿斯因此饒過了賽斯特斯，但卻採取了更狠毒的
　　　報復手段。

138　伊及斯撒斯冷靜的訴說阿垂阿斯當年的殘忍，接著強調他父親當時的
　　　憤怒和詛咒。凡此種種，都是為了強調自己復仇的正當性。在前面，
　　　卡遜妲也提到那些被傷害的幼兒，不過她把他們的苦難視為她自己痛
　　　苦的前奏，所以訴說時充滿激情。她的訴說贏得了歌隊的同情，相反
　　　的，伊及斯撒斯的訴說並沒有獲得他預期的後果：歌隊立即做了最強
　　　烈的反彈，戲劇的衝突性隨著升高。

他後來發現這個惡毒的行為，
不禁大聲咆哮、身軀後仰，吐出碎肉，
對皮羅普斯[139]的家族發出它難以承擔的　　1600
詛咒。
他配合著詛咒的正義性，踢翻桌子，喊道：
「願整個普羅斯縢尼斯的家族同樣倒下滅絕」[140]
就是這樣，這個人現在躺在這裡。

我就是這場謀殺的正義的策劃者。
我當時是襁褓中的嬰兒，排行十三[141]，　　1605
和不幸的父親一同遭到驅逐。
我長大以後，正義又把我帶回。
即使身在遠處，我仍能對付他，
編織了全部使他致命的計劃。
現在我可以死而無憾，因為　　　　　　1610
我看到他落入了正義的圈套。[142]

139　皮羅普斯（Pelops）是阿垂阿斯的父親。
140　普羅斯縢尼斯在阿垂阿斯的族譜中有時也處於先祖的地位。
141　有版本認為是第三。
142　這裡再度出現了「正義的圈套」，本段的開頭也是類似的字句。艾斯
　　　奇勒斯在長段台詞中，往往就像這樣首尾互相呼應，非常富有戲劇效
　　　果。

歌隊 [143]	伊及斯撒斯，我鄙視幸災樂禍的小人。
	你是在說你蓄意的殺死了這個人，
	又單獨計劃了這個淒慘的謀殺嗎？
	告訴你知道吧，到了清算的時候， 1615
	你逃脫不了
	人民的詛咒聲，以及對你頭部扔出的石塊。[144]
伊及斯撒斯	你像船板下面的划槳手，對上面
	掌舵的我，該是這樣講話的嗎？[145]
	你雖然年老，你會發現以你的年紀，
	學習謹慎小心將會非常的辛苦。 1620
	坐牢、鞭打和飢餓，對老頑固
	都是最為傑出的良醫和先知。
	還是你有眼無珠，看不清楚這點？[146]

143　1612—1653行：歌隊對伊及斯撒斯非常憎恨與鄙視，雙方發生語言
　　衝突，互相威脅，愈演愈烈。最後他說將嘗試統治阿戈斯的人民，歌
　　隊則寄望奧瑞斯特斯回來屠殺惡徒，復仇復國。伊及斯撒斯於是命令
　　衛士準備拔劍，歌隊視死如歸，準備以手杖抵抗。

144　參見注89。

145　自古以來，西方經常用船隻比擬國家，用船長或舵手來稱呼國家的領
　　袖。此處伊及斯撒斯自以為已經取得政權，期待下屬臣民對他言語恭
　　敬。

146　古代成語。

	不要猛踢刺棒，免得踢中以後受傷。[147]	
歌隊	你這個女人[148]！	1625
	你就是這樣對付新歸的戰士嗎？	
	留在家裡，玷污丈夫的床榻，	
	你有沒有策劃那位將軍的死亡？	
伊及斯撒斯	這些話同樣是大量淚水的先河！	
	你的舌頭和歐爾菲斯[149]的完全相反，	
	他借助甜美的聲音引導萬物，	1630
	你卻用愚蠢的吠聲掀起憤怒，	
	被人押走，然後在管教後變得馴服。	
歌隊	你以為你會成為阿戈斯的僭主嗎？	
	你，當你陰謀將這個人整死之時，	
	連親自動手都不敢的傢伙！	1635
伊及斯撒斯	不錯，欺詐顯然是女人的工作，	
	而且，作為宮廷的宿敵，我會引起懷疑。	
	我將運用他的財富，嘗試統治人民，	
	對於不肯服從的人，我將用重枷鎖住；	

147　也是古代成語。伊及斯撒斯連續兩次扭曲通俗的成語，來表達自己的想法，具見他庸俗的性格，投機取巧。

148　「女人」指伊及斯撒斯，歌隊這樣稱呼他，表示對他的輕視和憎恨。

149　歐爾菲斯（Orpheus）是傳說中的詩人，歌聲優美，人神動物都愛傾聽。

	他，我不會將視為駑馬，餵給大麥，	1640
	不會的！可恨的飢餓以及	
	伴隨它的黑暗，定會使他軟化。	
歌隊	你為什麼如此懦弱，沒有親自動手，	
	而是會同一位女性將他殺死，	
	使這片土地和它的神祇受到玷污¹⁵⁰？	1645
	奧瑞斯特斯是否能在某個地方	
	見到天日，帶著好運回到這裡，	
	順利的屠殺這兩個惡徒？¹⁵¹	
伊及斯撒斯	對你這樣的言行，我現在就給你教訓！¹⁵²	
歌隊	來吧，親愛的朋友們，眼前有工作要做！	1650
伊及斯撒斯	注意，每人備好戰劍，手把朝前！	
歌隊	我也握好手把，絕不畏懼死亡。	
伊及斯撒斯	我們接受你預告性的「死亡」，	
	相信它會發生。	
柯萊特牡¹⁵³	我最親愛的人，讓我們不要再製造傷害了，	

他，我不會將視為駑馬，餵給大麥，　　　　1640
不會的！可恨的飢餓以及
伴隨它的黑暗，定會使他軟化。

歌隊　你為什麼如此懦弱，沒有親自動手，
而是會同一位女性將他殺死，
使這片土地和它的神祇受到玷污[150]？　　1645
奧瑞斯特斯是否能在某個地方
見到天日，帶著好運回到這裡，
順利的屠殺這兩個惡徒？[151]

伊及斯撒斯　對你這樣的言行，我現在就給你教訓！[152]

歌隊　來吧，親愛的朋友們，眼前有工作要做！　1650

伊及斯撒斯　注意，每人備好戰劍，手把朝前！

歌隊　我也握好手把，絕不畏懼死亡。

伊及斯撒斯　我們接受你預告性的「死亡」，
相信它會發生。

柯萊特牡[153]　我最親愛的人，讓我們不要再製造傷害了，

150　玷污，原文「miasma」，意為具有擴散性質的污染（contagious
　　　pollution）。

151　從「這兩個惡徒」推斷，歌隊此時並不是對兩人或其中一人講話；歌
　　　隊在自言自語，有如旁白（aside），或是對神祇的祈求。

152　從本行至1652行的說話者，各個版本不同，但要點均為雙方衝突激
　　　烈，劇情達到高潮。

153　1654—1673行：在歌隊和伊及斯撒斯唇槍舌戰之際，柯萊特牡極可

即使這個收穫已經有了足夠的不幸。　　　　1655

災難累累中，讓我們不要再次流血。[154]

受尊敬的父老們，回家去吧，在受到傷害
以前，

向命運低頭吧。我們已經做的，你們必須
默認。

我們飽經惡靈鐵蹄的踐踏，

希望這是最後的一次苦難。　　　　　　　1660

這是一個女人的心聲，但願有人俯聽。

伊及斯撒斯　但是這些人信口對我拋出這些粗話，

既無道理，又否定了他們的統治者，

他們顯然在試探自己的運氣！[155]

歌隊　　向惡徒搖尾乞憐，不是阿戈斯人的方式。　1665

伊及斯撒斯　在未來的日子裡，我仍然會找上你們的。

（續）————————————————

　能暫時抽身出場，安排將阿格曼儂、卡遜妲及小輪車移走。現在劇情
　劍拔弩張，她適時出現，勸阻伊及斯撒斯不要再動刀劍，同時婉轉勸
　導歌隊接受既成事實。尾聲中她希望和情夫共同統治阿戈斯宮廷，長
　治久安，全劇結束。

154　柯萊特牡認為，她雖然殺死了阿格曼儂和卡遜妲，憂傷累累，但她自
　　認是復仇魔神的化身，並不算沾染了血跡。現在如果她和伊及斯撒斯
　　殺害歌隊的老人，那麼她便失去推卸的藉口。

155　他們的語言冒犯統治者，可能受到懲罰，但是仍要碰碰運氣，希望統
　　治者不動刑罰。伊及斯撒斯言下之意是他預備打擊他們。

歌隊	不會的，如果魔神引導奧瑞斯特斯回來的話。
伊及斯撒斯	我知道流亡的人靠著希望度日。
歌隊	趁你大權在握，胡作非為、飽食終日、 污染正義去吧！
伊及斯撒斯	老實告訴你，為了這些蠢話， 1670 你將來定會受到我的懲罰！
歌隊	像母雞旁的公雞一樣， 你信心滿滿的吹噓吧！
柯萊特牡	不要在意這些無聊的吠聲。你我兩人 將統治這個宮廷……長治久安。[156]

全劇終

156　原文脫落，大意推斷如此。

版本

Fraenkel, Eduard, editor. *Aeschylus: Agamemnon.* Oxford: Oxford University Press, 1950.

Page, Dennys. *Aeschylus Tragoediae: Septem Quae Supersunt Tragoedias.* Oxford: Oxford University Press, 1972.

Sommerstein, Alan. *Aeschylus: Oresteia.* Cambridge: Harvard University Press, 2008.

West, Martin. *Aeschyli Tragoediae cum incerti poetae Prometheo.* Stuttgart: B.G. Teubner 1990.

譯注

Collard, Christopher. *Aeschylus: Oresteia*. New York: Oxford University Press, 2002.

Fagles, Robert and W.B. Stanford. *Aeschylus: The Oresteia*. Translated by Robert Fagles. Introductory Essay, Notes, and Glossary by Robert Fagles and W.B. Stanford. New York: Penguin Books, 1966.

Lloyd-Jones, Hugh. *Aeschylus: The Oresteia*. Los Angeles: University of California Press, 1979.

Sommerstein, Alan. *Aeschylus: Oresteia*. Cambridge: Harvard University Press, 2008.

羅念生、楊憲益、王煥生譯。《古希臘戲劇選：悲劇篇》。孫小玉導讀。台北：木馬文化，2001.

呂健忠譯著。《奧瑞斯泰亞：阿格門儂，奠酒人，和善女神》。埃斯庫羅斯著。台北市：秀威資訊科技，2011。

重要文獻

Dodds, E.R. *The Greeks and the Irrational*. Los Angeles: University of California Press, 1951.

Easterling, Pat, ed. *The Cambridge Companion to Greek Tragedy*. Cambridge: Cambridge UP, 1997.

Goldhill, Simon. *Language, Sexuality, Narrative: The Oresteia*. Cambridge: Cambridge UP, 1985.

Kitto, H.D.F. *Greek Tragedy: A Literary Study*. First published in 1939 by Methuen & Co. New York: Routledge, 1993,

Lebeck, Anne. *The Oresteia: A Study in Language and Structure*. Cambridge: Harvard UP, 1971.

Lloyd, Michael, editor. *Oxford Readings in Classical Studies: Aeschylus*. New York: Oxford University Press, 2007.

Peradotto, John. "The Omen of the Eagles and the Ethos of Agamemnon," *Phoenix* Vol. 23, No. 3 (1969), pp.237-263.

Raeburn, David and Olive Thomas. *The Agamemnon of Aeschylus: A Commentary for Students*. Oxford: Oxford UP, 2011.

Segal, Erich, editor. *Oxford Readings in Greek Tragedy*. Oxford: Oxford UP, 1983.

Solmsen, Friedrich Solmsen. *Hesiod and Aeschylus*. With a new foreword by G.M. Kirkwood. Ithaca: Cornell University Press, 1995.

Taplin, Oliver. *Greek Tragedy in Action*. London: Methuen & Co, 1978.

West, M. L. *Studies in Aeschylus*. Stuttgart: Teubner, 1990.

Zeitlin, Froma. "The Motif of the Corrupt Sacrifice in Aeschylus' *Oresteia*." Transactions of the American Philological Society (1965), 96:463-508.

聯經經典
阿格曼儂

2014年11月初版 　　　　　　　　　　　　定價：新臺幣280元
有著作權·翻印必究
Printed in Taiwan.

著　　者	Aeschylus	
譯　　者	胡　耀　恆	
	胡　宗　文	
發 行 人	林　載　爵	

科技部經典譯注計畫

叢書編輯	梅　心　怡	
封面設計	顏　伯　駿	

出　版　者　聯經出版事業股份有限公司
地　　　址　台北市基隆路一段180號4樓
編輯部地址　台北市基隆路一段180號4樓
叢書主編電話　(02)87876242轉211
台北聯經書房：台北市新生南路三段94號
電　　　話：(02)23620308
台中分公司：台中市北區崇德路一段198號
暨門市電話：(04)22312023
台中電子信箱　e-mail：linking2@ms42.hinet.net
郵政劃撥帳戶第0100559-3號
郵撥電話：(02)23620308
印　刷　者　世和印製企業有限公司
總　經　銷　聯合發行股份有限公司
發　行　所：新北市新店區寶橋路235巷6弄6號2樓
電　　　話：(02)29178022

行政院新聞局出版事業登記證局版臺業字第0130號

本書如有缺頁，破損，倒裝請寄回台北聯經書房更換。　　ISBN　978-957-08-4482-5 (平裝)
聯經網址：www.linkingbooks.com.tw
電子信箱：linking@udngroup.com

國家圖書館出版品預行編目資料

阿格曼儂/Aeschylus著 . 胡耀恆、胡宗文譯 .
初版 . 臺北市 . 聯經 . 2014年11月（民103年）.
176面 . 14.8×21公分（聯經經典）
譯自：Agamemnon
ISBN　978-957-08-4482-5（平裝）

871.34　　　　　　　　　　　　　　103021179